Dzangove Ndangariro

Chitsauko 1

Veduwe, yangu handinga iti inhoroondo, asi ndingatoti chitaurirwa huona mbare dzekumusana. Muzuva ranhasi ndati ndimbokuudzaiwo zvandakasangana nazvo mukati, mehupenyu hwangu.

Hama vadikani Zvamunoona, mukuberekwa,umu tinozvarirwa mumhuri dzakasiyana siyana, uye zvipo zvemuhupenyu tinozvarwa takavhumbata umwe neumwe chake uyewo tinosangana nezvakasiyana siyana mukurarama kwedu tichikura.

Zita rangu ndinonzi Daviro uye ndiri mudzimai ane makore makumi matatu okuberekwa. Ndiri munhu wenherera, ndakakura ndichirerwa nevanhu vakasiyana siyana kusvika ndive pandiri nhasi uno. Pakutenga ndakarerwa na Ambuya, amai vaBaba, mushure mekufa kwaambuya vangu ndine makore masere, ndakazenge ndorerwa nevanhu vakasiyana siyana. Amai vangu vakange vandisiya ndiine makore Mashanu ekuberekwa. Amai nyakutumbura vainge vatisiya tiri vana vatatu. Kwaiti ini Daviro ndaive nemakore mashanu, hanzvadzi yangu Takura uyo aive nemakore mapfumbamwe ekuberekwa panguva iyi kuchizopedzisirwa ne munin'ina wangu Runyararo aivewo nemwedzi miviri yekuberekwa panguva iyoyo. Amai vangu vanonzi vaive vaita zvekutitiza usiku vanhu vakarara vachienda kumazivandodzoka neChikomba.

Sekutaurwa kwazvo takakura tichinzwa kuti Amai vainge vasiya vapisa dzimba uye mbatya dzose dzaiva dzababa, nedzedu isu vana. Chikonzero chaive chekuti zvainzi vainge vagumbukira kuti Baba vedu vainge vave kuda kuroora mudzimai wechipiri, saka Amai vanonzi vakasiya vanyora tsamba kuti zvebarika havaizvigona, ndokurova pasi nemurume we muraini mumwechetewo uyo aitovawo saimba anoremekedzwa imo munharaunda medu makare, uyezve ainge atoriwo nemhuri yake nemudzimai, izvo zvinova zvinhu zvatakakura tichingonzwa neva vakidzani vedu zvaitinyadza nekuti shaisa chimiro pane vamwe, zvaiita kuti tishorwe uye kugaro tukwa nezita ramai vedu kana pane patinenge takanganisa. Waingonzwa zvonzi, "**Vana ve Hure mhunzamusha**" Apa kwairehwa amai vedu.

Kutaura chokwadi, kuenda kwakange kwaita Amai hapana akange avaona kubuda kwavo, uye Saimba uyu ainzi ainge aenda navo ainge ashaikwawo musi mumwechetewo. Pane mufudzi wemombe anonzi ainge avaonawo vachifambidzana kundokwira bhazi renyunhariri vakananga kuguta reHarare uko vaifungidzira kuti ndiko kwavainge vave kubika mapoto vose. Uku kwaingove kutaura kwevanhu kusina ainyatsoziva chokwadi.

Pane zvose izvi zvaitaurwa nevanhu, handzvadzi yangu Takura aizviramba, aivewo nenhoroondo yake oga uyewo ini kana ndichiri kurangarira zvakanaka, ndinoyeuka kuti Baba vangu vaive musoja, vachigara nekushandira kunzvimbo yainzi iyo 2 Brigade muCamp yemasoja iri pedyo nenzvimbo inozi Cranborne, muguta reHarare. Panguva iyoyo MuCamp yemasoja munonzi maisabvumirwa vanhukadzi vasingashandepo kuti vagarepo. Izvi ndizvo zvinova zvakaita kuti isu vana naAmai, pamwe chete na ambuya vedu vakabereka Baba tigare kumusha kwedu kwaMutoko mubhuku maSabhuku Chinyanga ari pasi paMambo Matikiti.

 Amai vedu vaive Nurse Aid pa All Souls Mission Hospital uyezve vaive munhu aifarira basa ravo vachigutsikana naro.

Kunyange zvangu ndaive mudiki, ndinoyeuka nguva zhinji paiuya Baba kumusha kuzotiona semhuri vaiitigira zvidobi dobi zvakasiyanana zvaisanganisira zviwitsi, nemachips aye ainzi maChompkin panguva iyoyo. Dzimwe nguva taivigirwa mbatya itsva neshangu kunyanya nguva yekisimusi, uyezve kupera kwegore rega rega vaitenga maUniform ekuchikoro amukoma Takura sezvo vainge vave mugwaro rechitatu kuchikoro pamazuva iwayo.

Zvakazoiitika nekupindana kwemazuva Baba vakatanga kuuya kumusha kamwechete pamwedzi asi vasimbouya kupera kwesvondo rega,rega, amai vakada kuti vabvunze kuti ko mazuva ano muri kuzvifambisa sei kuuya kamwe pamwedzi zvamaisamboita. Baba vaibva vagumbuka nemubvunzo uyu uyezve vaisiya varova amai, zviya zvekuti vaitosara vakazvimba muviri wose kunge munhu ane munyaviri, pamusoro pazvo vaitosara vachiita zvizuva vakarara nekurwarwa.

Rimwe remazuva, Baba vakange vave nemwedzi mitatu

vasina kuuya kumusha, Taingogara takaringa nzira kusina aiyuya. Amai vakapindwa nepfunga yekuti pamwe pane zvakavawana kuguta rega vatevere vandozvionera vega. Pamazuva iwayo vakange vaine pamuviri painge potoda kuzwarwa pemuninína wangu Runyararo. Baba vainge vavimbisa kukurumidza kudzoka nembatya dzemwana ainge oda kuzvarwa asi havan kuuya.

Sezvineiwo mai vakati rega nditevere Harare ndinozvionera kuti chii chavabata. Mai vakatengesa kambudzana kavo kainge kachangobva kuberekwa ndokufumobata jongwe muromo vakananga Harare. Isu sevana vaizovatadzisa kufamba zvakanaka takasara naambuya amai vababa pamusha asi takazoshamisika tose kuona Amai vachidzoka kumusha muzuva rakare ravainge vasumuka,zuva rondovira uyezve vakasvika misodzi iri pamatama zvaitoratidza kuti vainge vabvira kare vachichema, muviri wavo wainge wakasvuka mumabvi nemumagokora umu uye muromo wepadenga waive wakazvimba zviye zvinoitwa nemunhu anenge arumwa nemago.

Vachisvika pamusha, vakangosvika nekutanga kuridza mhere, vanhu vemuraini ndokutanga kuungana vachibvunza chaitora nzvimbo pachishaya aidavira, kusvika ambuya vedu vazodavira kuti ,
"Kwaani makambozviona kupi kuti murume anoteverwa Harare, hezvoka azozviona zvaanga afambira, ukakwira mugomo uchitsvaka makudo unoawana"
Ipapo vaitotaura vachifuratira havo vasina kana hanya nemuroora aisvimha misodzi ari munyasi mavo achiti pada aizowanawo munyaradzi asi zvakashaya basa.

Vanhu vaivepo pavakaona nekunzwa zvaitika vakatanga kuita rumwe rumwe kudzokera kudzimba dzavo vachiti, tange tati kuda pafiwa isu. Munhu ungacheme kuti murume ane mumwe mukadzi, kozvitsva here zvebarika izvi. Vanhu vakasara aingove madzisahwira a Amai achivanyaradza.

Musi wakatevera amai vakapona mwana musikana uyo vakadanidza kuti Runyararo. Takaita mwedzi miviri Baba tisina kuvaona kusvika kuzoona mwana mutsva kunyange zvazvo shoko rainge ratumirwa Harare. Nerimwe zuva tatokanganwa nezvavo, takazonzwa nevanhu vemuraini medu vainge vaiuyawo kumusha kuzoona hama dzavo kuti Baba vainge vakatoroora mumwe mudzimai aive Mudzidzisi aidzidzisa pachikoro chainzi Budiriririrai imo mumusha WeChitungizwa asi kukusha kwake achibva KwaRusape.

Sekutarwa kwazvo panguva iyi kwainzi mudzimai uyu ainge auyawo nemwansikana wake mubvandiripo uyezve vainge vatove neumwe mwana musikana ainge ave nemwedzi mitatu zvinoreva izvo kuti mwana uyu ainge akaenzana naRunyararo muninína wangu. Amai vangu pavakanzwa izvi vakarwadziwa zvikuru vakange vave kungogara misodzi iri pamatama apo Ambuya vangu vachiwedzera nepavowo kuvatuka nekuvadzinga vachiti
" Waiti ungachembera nemwana wangu here iwe dofo? Wane makore mangani uchiita hunurse Aid hwako ihwohwo uchipihwa tumakobo?; rega mwana wangu aroore mukadzi chaiye akadzidza, ndinani asingadewo upenyu hwemari,'? Eheka; panoti musoja nemudzidzisi hauone kuti zvinoenderana here?'

Hapana kuita chinguva kubva zvatanzwa nezvekuroora mukadzi uye zvemwana mutsva wababa ,ndopatakaona Baba vachisvika kumusha. Havana kana wavakwakwazisa vakasvika nekutanga kupopota, uyewo kurova amai. Kunyangwe zvazvo vaive muzvere vakarohwa kunge munhu akasimba, pairohwa ipapo vairidza mhere zvekuti wainzwa tsitsi; kananhasi ndikazvifunga misodzi yangu inotanga kuyerera yega kurwadzirwa amai vangu. Pavanhu vose vakauya kuzoona zvaaitika pamusha pedu pakashaya kana mumwe zvake akabata nekuti painge potozikanwa nemhere mhere nguva zhinji.

Vanhu vazhinji vaingotyira kure nekuti ambuya vangu vaigarotaurarira vanhu vemunharaunda medu makare kuti Baba vangu vaive musoja uye vaigara nepfuti mhomwe, ambuya vangu vaiti ivo vainge vatomboiratidzwa.

 Zvairohwerwa amai musi uyu isu sevana hataizviziva, sezvo taive vadiki tose taingoti , pamwe ndozvofanirwa kuitwa nevanhu vakuru kugara vachingorovana nekutukana. Ambuya vangu vaitokuchidzira vamire nechekure , vachiti ,

"Rova munhu baba Takura, rovesesa, mukadzi hwai anotevera murume kumarimuka, kakachenjersa kamukadzi kekwaMutare aka, kuno ndekwaMutoko unoita zvekuno, karove hakanzwe, kachiti kuonda!"

Mukorohwa kwaitwa amai, vakatanga vacharidza mhere vachit pada pane achauya kuzorandutsira asi zvakashaya basa, vakatoona kuti pano ndikasazvibatsira ndourawa vanhu vakatarisa. Vakadawo kuedza kuzvidzivirira nekudzosera baba, ndokunhonga mupinyi webadza waive pedyo nvo ndokuuposhera ukasvikorova baba paruoko ndokubva baba vatyoka ruoko. Uku ndiko ndokuzorega kurova kwavakaita amai. Ndinoyeuka Amai vachisumuka pavairoverwa vachindohwanda pasi pengoro yaive iri nechepedyo pemuzhanje waive pakati pemusha asi pavaifamba vaive vachikamhina uye kuyerera ropa mumhuno izvo zvaitaridza kuti vainge vakuvara zvakaipisisa.

Panguva imwecheteyo yaikamhina amai kuenda pasi pengoro kundozvidzivira ambuya vakatanga kunonga matombo vachiposhera vachideedzera kuti

''Merenzia buda ipapo ndikupedzise, watyora mwanakomwana wangu ruoko, ukati hauroye here iwe? Rimwe rematombo aye aipotserwa rakasvikovamhara nechepaziso apa ndinoyeuka Amai vachisumuka kubva pasi pengoro vachirova mutanda mhuru vakananga musango raive nechepedyo nemusha wedu. Uku ndokwava kuenda kwaamai kwete zvaitaurwa nevanhu nekuti hatinakuzovaona zvakare..

Chitsauko 2

Ndinogarofunga kuti kushungurudzwa kwainge kwoitwa mai vedu nababa, nambuya ndizvo zvinhu zviviri zvakasaka mai vedu vazotisiye isu vana tiri vadoko kudaro.

Musi mumwechetewo watiza amai vedu pamusha, Baba vakabva vaonekawo vachidzokera Harare, havana kuzogara Vakasiya vapa mbuya dzatsa remari iro vakandonyera mubhodhi yavo chinyararire. Kubvawo ipapo Baba havana zvakare kuzombotsika kumusha kweMakore anopfuura Mana.

Sezvineiwo, makore akaendeka, tichikura, tichichengetwa naAmbuya, rudo rwaivepo patainge tiri toga, isu nambuya, chavaidya ndochataidyawo,kwavaienda ndokwataiendawo, asi paiti pakauyawo vamwe vazukuru vana vehanzvadzi dzababa munguva yezororo rekuvharwa kwezvikoro, ndipo waitoozoona kusiyana kwezvinhu. Ndipo taitozoonawo kuti pano tirikungoraramawo hedu nemabatirwo atainge toitwa nambuya. Tainge tisingachabvumirwe kugara mukitchen kana kudyira mumba nevamwe. Apa taingo pakurirwa mundiro imwe yoiswa panze tose tiri vatatu tonzi idyai. Kana kuvata taibva tatanga kurariswa muhozi yaichengeterwa zvirimwa nembeu. Zvose izvi zvaiitika kusvikawo vehorodhe yezvikoro vadzokera kudzimba dzavo hupenyu hwo chidzokera sezvahwainge hwakaita pavainge vasipo.

Mbuya vangu vaive Hurudza yaizivikanwa nedunhu rose, nzara pamusha pedu pakange pasina. Zvekupfeka taingokururirwawo nemadzitete aive nevana vakura,asi panoti zvipfeko zvemukati semabhurugwa anovharidirawo sikavanhu pakange pasina ndaingofamba mazuva ose ndichirohwa nemhepo.

Bhurugwa rangu rekutanga ndakariziva ndatova nemakore masere uye raive rekusonerwa nejira reyuniform yambuya vangu yekuSvondo yainge yasakara sakara, harina kutana kubvaruka nekuti jira rainge rapera zvaro kare nekuwachwa. Pamwe pese ndaifamba ndiri musvo, ndipo ndakazosoneserwa mabhurugwa kuna amai Mombeshora vaive musoni mukuru aishandira Pazvitoro zvekwedu paRukau.   Amai ava vaisona zvainwisa mvura zvaizivikanwa munharaunda yose nokudaro vaidhura zvikuru. Waitoenda nejira rako wega kana waisada zvinodhura. Ambuya vangu vainge vaenda nezvisaga zvainge zvakapera Flour yechimodho iyo vaigarotumirwa nevabvana vavo. Vaiti pose panenge papera Flour iya vowacha zvijira vachinanika vorongedza, zvainge zvakanyorwa kunzi Glori Selfraising flour nechepamimba apa. Ndizvo zvijira zvavakatora vakasonesa mabhurukwa mashanu vachiti ndopfeka rimwe pazuva muvhuro kusvika chishanu ndozowacha ose kamwechete kupera kwesvondo, kuitira kuchengetdza sipo. Pa Weekend ndainge ndisina mabhurukwa ekusimira ndaingofamba ndakadaro.

Semunhu ainge asati ambopfekawo zvitsva zvisina kumbopfekwa nevamwe kwenguva refu, ndakanzwa kufara kukuru nemabhurukwa angu andainge ndasoneserwa nambuya, ndikati rega ndiratidzewo masahwira angu andaive mugwaro repiri nawo kuchikoro.   Hamawe   masekerwo   andakaitwa handikanganwe upenyu hwangu hwose, ndakazvituka nehurombo hwangu, ndakazviudza kuti ndaizodzidza nesimba kuti kana ndakura ndigoitawo basa rakanaka ndichizvitengerawo zvipfeko zvemukati zvakanaka. Masahwira anhu akatanga kundipa runenedzo vachiti Gloria Flour; Vaiti vakandiona ndichiuya kwavaive votanga kudevedzera vachiti umwe akati ,' Gloria , umwe odairawo achiti Self raising flour, vamwe vose voti bvu kuseka. Ndaizosara zuva ropera ndangouna una kunge kahuku kanaiwa munguva yechirimo. Izvi zvakandipa kuti ndive munhu ainge akungogara akanyarar nekungosuruvara nguva dzose,kana kutamba nevamwe ndainge ndavekunyara kutya kunzi **Gloria Flour**. Vanhu vose vainge vatokanganwa kuti ndainziDaviro, yaingove mhoro Gloria, nhaiwe Gloria……

Pamakore masere andainge ndave nawo, muninína wangu Runyararo akange ave nemakore mana uye achirerwa naMbuya asi mbuya vakazosvika pakurwara rimwe gore, uye vakange vasingachakwanise kuchengeta mwana mudiki, nokudaro ndini ndakange ndatova mai vake asi ini ndiri mwanawo, kuchikoro zvino ndainge ndamiswa kuenda kuti ndichengete mwana.

Hanzvadzi yangu Takura uyo akange avane makore gumi akange ave kuswera kumakura achifudza mombe dzambuya vedu, kana kuchikoro akange asisende nekuti akange asina Birth Certificate(**Chifetefete**). Tose taive tisina, baba namai havana kumbobvira vatitorera kusvika varambane nekuti Baba vaigara vari kuHarare nguva zhinji vaingouya pamazuva apo kukanzuru yemunharaunda medu kwainge kwakavharwa. Takura handzvadzi yangu pamazuva atainge tave kugara nambuya ndikngati aive mwana hake asi aive nemoyo wakaoma, ndinoona sekuti kurambana kwaBaba na Amai kwainge kwamurwadza zvikuru. Akange ave chigwindiri chisingatereri uye akangeave neutsinye, ainge otozivikanwa nemangoromera munharaunda medu uye akange apindwa nemweya wakaipa wekubira vanhu vemumusha medu zvipfuyo achinotengesa odya hake mari yacho kumafuro pasina aimuona. Akange ogara achtirova tose ini naRunya mazuva ose, kunyanya pese paaitukirwa nambuya nenyaya dzemusikanzwa wake aitoti awane mukana wekutsidza pandiri kanaRunyararo, zvinova zvakaita kuti tisazombofa takawirirana mukukura kwedu kwose.

Pakarwara ambuya, hurwere hwavo pahwakange hwakura , vasisakwanise kana kuzvibikira nekuzviendesa kuchimbuzi, vakauya vakatorwa nevanasikana vavo kuti vandorapiswa kuchivanhu nemumaDoctor echirungu. Isu ndokusiiwa toga Pamusha tiri zvindumurwa kudaro, takongosiya tanzi upfu uhwo Huri apo. Muriwo munotemha mumunda. Izvi hazvina kutinetsa nekuti yaive nguva yezhizha, nekudaro muriwo wemuboora, mowa, uyezve derere waive uzere mumunda uye kugarden kwaambuya Maveg aiveko. Zvimwe zvekudya zvakaita semanhanga, chibage chinyoro , mapudzi, nzungu nenyimozvaivawo sarura ude.

Mbuya vangu pavakatorwa nemadzitete angu vakasiya vanditi ,
'Daviro, usare uchichengeta mwana zvakanaka, kwandinoenda handizivi kuti ndinodzokandiri mupenyu here, undiregererewo mwana wemwana wangu nekuendesa amai venyu kwandakaita, hona nhasi mave

nherera dzine vabereki vapenyu'
apa vaitaura misodzi yavo ichiyerera, ndokubva vatotakurwa vachienda.

Iniwo nehwana hudiki, handina kuziva kuti vaichemei. Mumoyo ndaitoti , rega mbuya vaende timbofurwa nemhepo nekuti semwana mudiki ndainge ndoremerwawo nekungotumwa tumwa nemurwere.

Pamakore masere ndakange ndakuziva kunochera mvura kutsime, kubika, kurera ne kubereka mwana uyezve nekutamba naye zvakanaka. Takasara toga pamusha kwemwedzi wese, pasina kana aiuyawo kuzotidongorera, kana vanhu vemumusha medu vaingopfuurawo nenzira. Zvose zvepamusha ndaiita, asi zvaizondikunda ave manheru , taitotya kuenda kunorara kubedroom kwambuya kwataisirara vachirirpo. Takaita mwedzi wese tichirara muimba yeuswa yekubikira moto uchibvira. Uyuwo Takura kubva zvakaenda mbuya kuvabvana vavo hatina kuzombomuona. Mombe dzambuya ina dzaive mudanga akaenda nadzo, kana kwaakaenda hapana akaziva.

Vehukama havana kuitawo shungu dzekuti toenda tinoonawo vana vakasiiwa voga. Takange tongorarama kunge mombe dzemashanga tiripo pamusha pambuya tiri vaviri zvedu.

Chitsauko 3

Mushure memwedzi mbuya vatorwa naTete vakuru mai Lydia kuti vandorapwa hurwere hwainge hwavabata, vakabva vashaika, ndokuchidzoswa kumusha vave chitunha kundovigwa.

Musi uyu, ndipo takatanga kuchionawo baba vedu, vauyawo kumariro amai vavo, asi havana kuuya vari voga. Vakange vauya nemumwe mudzimai, aive mutsvukutsvuku kunge mukaradhi, asi achitaura rudzi rwechindau kunge matauriro aiita mai vedu chaiwo. Ndichimuona nekunzwa izwi rake ndakanzwa moyo wangu kufara nekuti ainge andifungidzisa amai vangu, vaivewo vatsvuku uyezve chindau ndowaive mutauro wavo.Ndaive ndotofunga kuti pada aive hama yami vedu yainge yauyawo kuzobata maoko ambuya vedu vainge vashaika.

Mudzimai uyu aitoratidza kuti aitozivikanwa nevanhu vaive pamariro ambuya vedu vose kunze kwangu ini naRunyararo, hatina kumbobvira takamuona muupenyu hwedu, aive ane vana vake vaviri vasikana umwe aive wezera rangu aivewo muchena chena samai vake nemudiki aitaridza kuva zero rimwe naRunyararo uye amai ava vainge vaine pamuviri painge potoda kuzvarwa. Pavakasvika mudzimai uyu akasvikopinzwa nevana vake muimba yaimborara amai vedu vasati vatitiza.

Kubva zvavaenda musuwo waigara wakangokiwa, hatina kumbobvira tamupinda. Zvese izvi zvaingove mumaziso angu na Runya , tichingogwesha nemadziro kunge madzvombi ari kuzambira mushana. Apa nzara yainge yotibvunza mutupo takamirira sadza nemacabbage aibikwa nemadzisahwira ambuya vangu kumadrum. Painge pauraiwa mombe yaive pamoto asi sevanhu vainge vane nguva vasina kumbodya nyama shungu tainge tisina hedu, chataingoda isadza raipisa richidzika, kwete mbodza dzataigaro zvimonera tiri toga hedu.

Sadza rakaibva vanhu vakagoverwa, isu ndokusiiwa, hapana kana akabvunzawo kuti ko vana pano vadya here.Hamawe ndiani akambonzwa kurwadza kunoita nzara yekuti ungne uchitoona vamwe vachidya iwe wakatarisa, uchinzwa kunhuwirira kwezvirikubikwa kumoto asi usina kumbonzi oh, ravirawo. Ko taiwonekwawo nani hedu isu netsvina yataiva nayo yekugara mwedzi wose tiri toga pamusha. Umwe sahwira wambuya vangu ndiye akazouya seri kwemba kwataive taenda naRunya patakaona tisina kupihwa chikafu.

Runya ainge ave kuchema zvino nenzara, ini ndainge ndotofunga kunotsvagira mwana wamai vangu mufunde wembambaira kuti ndimugochere adye apo pakasvika sahwira wambuya vangu ndokutitambidza Chibheseni chaive chizere kuti shaku neSadza raive nezvemukati zvemombe nemuto waita kunyumbwira uchinunira nekurasikira kunze, ndokuti ´
´´idyai vana vasahwira wangu, manheru mugouya kumba ndichikupai chikafu nepekurara uyezve kana mapedza kudya mugeze mupfekewo mbatya dzakachena pane vamwe. Uyu aitaura aive Mbuya Chibaiso, sahwira mukuru wambuya vangu, mudzimai uyu aive asina kumbobvira aita mbereko muupenyu hwake hwos asi, aive ane rudo hake mudzimai iyeyu. Chibheseni Chakauya nambuya Chibaiso chaikwana chikafu

chevanhu vakuru vashanu asi takachitsvaira tiri vaviri, nekutonanzva muto kusara chachena kuti ngwe, ko nyama tanga tichaiziva here.

Baba vedu kubva zvavasvika kurufu rwamai vavo vainge vasina kumbotaura nesu kana kutikwazisa zvavo, vaisatotoda kusanganidzana nesu maziso, vaibva vatotatrisa kudivi sevaisationa, kunyanya ini nekuti vaiti chiso changu chaivafungidza amai vangu sezvo ndaive ndakafanana navo, avawo madzitete angu hanzvadzi dzababa aisatomboticheuka hedu, vaingunoshena shena kuchenesa musha nekuronga zvichabikwa nekugadzira musha chitunha chambuya vangu chisati chasvika kubva kuMotuary, vaida kuti mufi asvike musha wakachena.

Vanasikana nevanakomana Vemadzitete angu vaivepowo , vanga vati kurei uyezve vachishanda kumadhorobha vamwe vavo vatoroora nekuroorwa vainge vauyawo kuzoviga mbuya vavo. Sekuti baba vangu ndivo vaive gotwe mumba mavo uye vari ivo vega mwanakomana, uyezve ndivo vaive nevana vadiki voga, vamwe vose vakange vane vana vakura.

Tapedza kudya naRunya takati hande tindogeza kurwizi togodzokawo tachena sezvo tainge taona vekuchirungu vakachena   ,   tigozokwanisawo   kutamba   navo, takamhanya kurwizi ndokugeza hedu semazuva ose pasina sipo nefeso, tapedza takawacha mbatya dzedu dzataive takapfeka, ndokudzipfekazve dzisati dzaoma tomhanyira kudzokera kumba tiine mufaro mukuru kuti vamwe vana vainge vabva Harare vaizotifarirawo sekuvafarira kwatainge taita. Munzira   taitorongana naRunya kuti iwe ndiwe unotamba neuyu ini neuyu.

Tichisvika kumba takawana mutumbi wambuya watosvika pamusha wapinzwa mumba mavo mavairara, vanhu vose vakaungana pamwechete nemudzimai uya mukaradhi ainge auya nababa, aive amirepo pamusuwo achiimbawo nevamwe, ndipo takati rega tiende kubedrom kwamai kune vana vaye vainge vauya nababa kuti tivati handei tinotamba. Shungu dzaive dzekuti tivaratidze tumuchero twese twaive twakatenderedza musha wedu uye kunotuhwina kurwizi tichifara hedu tozodzoka zuva risati ravira.

 Tasvika takagogodza, hapana akadavira, kungovhura musuwo kudai kwatakaita tichisekerera, kamwana kadiki kainge kari kezera naRunya kakabva katanga kuridza mhere, mukuru ndokutevedzerawo, isu tangomira takatarira kuti ko chii zve chataita. Tainge totarisana tichibvunzana nemeso kuti ko vana ava vanochemeizve? Ndipo ndakangoona, mudzimai uye achisvika nekumhanyira kuvana vake achivanyaradza achibvunza kuti chii chaive chaitika, vana vaye vachitinongedza ini naRunya, vachitaura nechirungu, ko isu vagari vemuruzevha taichinzwawo here chirungu, tainge tatopusa tati kanha nazvo, apo baba vaive vachangosvikawo vakamira shure kwangu naRunya hatinakumbovaona vaingoteerera zvaitaurwa nevana vavo basi.

Ndakazongonzwa mbama nechemugotsi umu paa, ndichidzedzereka kwakadao uko nekubva ndagamwa neruoko rwekuleft ndichidzoka ndichinotambirwa neshangu mumuromo, munongoiziva bhutsu yemusoja kuti yakamira sei, ndichindowira kwakadaro uko, uyuwo

Runya akarohwa zimbama mwana, akaridza mhere yakarira zvekuti vanhu vaive pamariro vakatomhanya kuuya kuimba yekurarara kuzoona kuti chii chaitora nzvimbo. Baba pavaitirova vaipopota vachitaura vachiti tuvana twehure, ibvai pamhuri yangu munoda kukanganisa vana vangu haikona.

Chitsauko 4

Pandakawira pasi nedzungu handina kuzoziva kuti zvii zvakazoitika mushure, chandoziva chete ndechekuti, musi uyu hatina kurara pamba apa, takazofuma tave kumba kwambuya Chibaiso sahwira wambuya vedu vaye. Kana kuvigwa kwambuya vedu nekugovewa kwezvinhu hatina kumbokuona, takazongoudzwa nekuratidzwa guva rambuya vedu Nambuya Chibaiso kwatopera svondo tichigara kumba kwavo. Vainge vatitora vaenda nesu kunokanda dombo rekupedzisa paguva ramuya takafuratira makotsi, kuitira vasazotigumbukira kuti tainge tisina kuvaonekazvakanaka.

Vanhu vainge vauya kunhamo vainge vatopararira kudzimba dzavo kare. Ndakabvunza Mbuya Chibaiso kuti ko Mbuya taizovaona zvakare here vakati kwete, ndikavhunza zvakare kuti ko Baba, vakati zve kwete. Ndakvavhunza zvakare kuti ko Mbuya zvavangavasisadzoke, Baba vaiuya kuzotitora riini. Ndakaona Mbuya Chibaiso vokotamisa meso zvichereva izvo kuti kunyangwe zvazvo vaive munhu mukuru , muvhunzo uyu waivaremera kupindura, vakati ,''mwanangu, ini ndini ndambuya vako vatsva iwe na Runya uyu,muchange muchigara kumba kwangu zvizhinji ndichazokutaurira kana Mati kurei. Apa mukadzi mukuru ainge otoyerdza misodzi pamatama zvaitaridza kurwadziwa kukuru mukati memoyo wavo.

Kwakave kupindana kwemazuva, tiri pamba pambuya vedu vatsva, mbuya Chibaiso. Kubva musi watasvika pamba apa tairara paSingle Bed pambuya, tose tiri vatatu. Runya, ndipo paakanatsoziva rudo rwamai, ainge akutoyemawo nemakore mashanu iwayo achitosarudza kuti ndoda nhanga dzvuku kana jena, panguva yekudya kwemangwanani oga oga.

 Mbuya vakange vashaya muna April, isuwo nekubva tatongoyendawo Kwambuya Chibaiso mwedzi iwoyo , ini ndakange ndave nemakore anoda kusvika 9 asi ndisisaende kuchikoro nekuda kwekuti mbuya mai vababa vainge vasina kupihwa mvumo nababa kubva Harare uye baba vaisatumirawo mari kubva kuenda kwakaita mai vedu nyakutmbura.

Taingodyawo zvaiunzwa nemadzitete kubva kuvakuwasha vambuya, uye zvairimwa nambuya mumunda mavo, asi mari yechikoro pakange pasina, nekuti paizodiwa mauniform mabook mapencils nezvimwe zvakawanda wanda zvinodiwa nevana vechikoro, mbuya vaiti havaizozvikwanisa vaitya kuzoremedza Vakuwasha vavo vaivachengeta kuzosvika mukushaika kwavo.

Takaita svondo tiri Pambuya Chibaiso, ndokubva vaenda nesu ku Mission kundotitsvakira nzvimbo yechikoro, takaita rombo rakanaka nekusvikoiwana. Zvikoro zvakange zvotoda kuvhurwa term yepiri yegore, nzvimbo takasvikoiwana nekuti mbuya vaizivana naDokhotera aishanda paMission hospital yaiva yakabatana nechikoro ichi, paive neprimary ne secondary school.

Dhokotera ava vaizivawo zvekare amai vedu uye vaida kuziva kuti vakaendepi sezvo vaimbomushandira asi vakazongorega kuuya kubasa mumwe musi kana kuzonzwa nezvavo. Mbuya Chibaiso ndokutsanangura nyaya yose yezvakange zvaitika mushure, Dhokotera vakanzwa kurwadziwa nekubatikana kukuru asi chekuita painge pasisina sezvo makore ainge afamba. Nzvimbo taiwana, Mbuya Chibaiso vaipota vachiita maricho ekusakurira vanhu mumunda, kuwachira, kutsvaira uye nekugadzira magarden emaDoctor epaMission apa.

PaMission apa paiivewo nesvondo yekaturike uko vaienda ne sondo yega yega kundobatana nevamwe mukunamata zvinoreva izvo kuti vaizivikanwa zvikuru panzvimbo iyi.

 Kuzivikanwa kwa Ambuya Chibaiso panzvimbo iyi kwakaita kuti tibatsirike zvikuru, zvikoro zvakazosara zvovhurwa tatove nemauniform akakwana kutokunda mwana aibva kumba kwaiva nababa namai.

Dhokotora uya aive shamwari yambuya aibva kuItaly, zita achinzi iye Elizabeth, akange ave nemakore makumi maviri achishanda Pamission hospital apa, uyewo aive ane dzimwe nguva dzaaimboendawo kunyika kwake kundoonana nehama dzake.

Pakudzoka kwake ndipo aiuya nezvipo zvakasiyana siyana zvekuzopa vaainge asiya paMission. Ini na Runya takaita rombo rakanaka kuti takasvika ave nemazuva mashoma achida kuenda kuzororo rake remwedzi, paakadzoka akauya akasenga maMonarch aive nehembe mazitye asi dzaita kunge itsva dzakanaka chose. Ainge avigira isu naRunya. Paive nemabhachi, nguwo dzechando, bhutsu dzemhando nemhando, uyewo paive nezvezera rambuya Chibaiso, haiwa takange tobaiyikana nekuchena sondo yega yega pataienda kuChurch. Kana zviya zvekunzi Glori flour zvakange zvaenda nemhepo. Ndainge ndakutodaidzwawo nezita rangu kunzi Daviro. Zvikoro zvakange zvasovhurwa kare zvakutoda kuvharwa, kuchikoro ndainge ndichiita manenji kugona semunhu akange atanga chikoro akura hazvina kundiremera, ndaive muclass imwe cheteyo naRunya uyo aiedza nepakewo asi ndaipota ndichimubatsira kumba kuti zvimurerukire.

Hupenyu hwedu hwainge hwoendeka tichito yemurwawo nevemuraini, mbuya Chibaiso havana kurega kuita maricho avo, vainge vozikanwa munharaunda iyi zvokuti vainge vogara vachitoziva kuti mwedzi uno ndiri kushandira kwanhingi asi vaifumira kuseni vachitigadzirira mbuva yekuchikoro vasati vaenda, uye pataidzokawo masikati taiwana vatove pamba kudya kwemaskati kwakatimirira.

Gore rakapera, Runya akange atotsvukirirawo nekusimba semunhu akange asina kumwa mukaka wamai akaguta aigara aichiita kunge munhu ane Kwashiokor pamazuva atainge tichigara toga, ainge ane katumbu zenene, asi zvose izvi zvakapera,akange otaridzika semwana ane mubereki aigezeswa mazuva ose nekurukwa magodi mumusoro uyezve aiti kana akazvifunga hake musi iwoyo mbuya vaitomubereka achivayemera. Makore akatanga kuenda tichikura, iniwo kuchikoro ndichigona asi ndainge ndajambiswa katatu nekuti ndaigona uye ndainge ndakura, grade 2, 4 ne6 ndakajambiswa kusvika ndava mugrade 7.

Zvekugona kwangu hazvina kumbomira ndainge ndotozivikanwawo munharaunda yedu nekugona, zvaingonzi nherera dziye dzekwaMatibhiri dzaenda nenyika nekugona muchikoro, izvo zvaipisa mbuya vedu manyawi. Ndakazosara ndonyora hangu grade 7 asi zvaitozivikanwa kuti ndaipasa.

Dhokotora Elizabeth vaishandirwa naMbuya Chibaiso vainge vandiwanira nzvimbo ye form 1 pa Boarding school yaive pedyo nepaMission uyezve mari yechikoro vainge vavimbisa kuzobhadhara kusvika tese tiri vaviri naRunya tapedza chikoro, asi ndaifanira kubva kumba mazuva ose kuti Runya asasurukirwe oga nambuya. Iye Runya aida chikoro asi zvaimukunda dzimwe nguva ndaimubatsira, aiva average student, zvinoreva kuti aizama nepaaikwanisa zvikuru.

Zvakadaro, ndakapedza kunyora grade 7 ndokutanga kupota ndichienda nambuya kumaricho avo kunyange zvazvo vaisada, ndaiitira kuti vakurumidze kupedza tigoswera tave tose kumba tichikurukura hedu, nguva zhinji ndaigarobvunza Mbuya Chibaiso kuti sei vakange vatitora pakashaya ambuya amai vababa, isu taive nehama dzepedyo dzakange dzadii kutitora, kana kuti ko ivo baba vakage vatiroverei zuva riye pamariro ambuya, uyezve nemhaka yei vainge vasingade kugara nesu , kutichengetawo, kana kuuya kuzotionawo havo tiri pavari uyezve ko iye mudzimai uya mukaradhi nevana vake vaive parufu rwambuya vaive vanaani muupenyu hwedu, ko ivo Amai vedu vakange vaendepi vachitisiya tiri pwere?

Mbuya vaizeza kutaura zvikonzero nei zvose izvi zvaiitika muhupenyu hwedu, nekuti vaiti tichiri pwere dzaive nehana nhete, asi pandakapedza kunyora rugwaro rwegore rechisere vakandigarisa pasi ndokunditaurira nhoroondo yose.

 Mbuya Chibaiso vanoti ivo musi wakange washaya mbuya vedu amai vaBaba, vainge vavarota vachichema vakamira mberi kwavo vachiti, '' Chibaiso!, Chibaiso Asahwira, sara uchichengeta vazukuru vangu usazovasiya vachitambudzika'' vaiiti ivo hanzi pandakada kubvunza kuti ko iwe unenge waendepi vakabva vapepuka, pasina nguva vakanzwa kuti Mbuya vedu vainge vashaikira kumubvana wavo mukuru uye vaizounzwa kumusha muzuva raitevera.

Mbuya Chibaiso vaiti vainge vaendawo kumariro asahwira wavo nevamwe vemuraini asi nekuda kwehope dzavainge varota zvakaita kuti vatitsvage paruzhinji rwevanhu vaivepo vachizotiwana tiri seri kwehozi tichichema nzara ndokuzotitambidza Chibasin chiye chaive chizere Sadza nezvinyeze, asi izvi handizvo zvakaita kuti vati tore, vanoti ivo vakazodzokera kune vamwe vachiti vaizotitarira zuva rinotevera, asi pasina chinguva vainge vanzwa mhere kuimba yairara amai vedu vasati vatitiza, ndokuendako vachimhanya, vanoti ivo, vakasvikondiwana ndakafenda nemhakwa yezenya nemubhutsu wandainge ndapihwa nababa vangu, zvainge zvandikurira semwana mudiki, ndokuti zii kwechinguva vanhu vachindidira mvura, uyuwo Runyawo achibuda Ropa mumhuno achirdza mhere, ndiye wavainge vanzwa, vanoti vakasvikowana veukama vakangotarira pasina aida kubvunza baba kuti vainge vaitei , ivo mbuya pavakavabvunza vakabva vatuka kunzi, Zimuroyi rinosupporter huroyi hwetwana tudiki , takura twuroyi twako mubve pano iko zvino ndisati

ndatwuuraya, musadzokezve pano zvekare!, ''mashoko ababa aya'', ukuwo Mudzimai mukaradhi uya hanzi ainge achideedzera kuti vana varikuti vaona moto mumaziso evana ava uye mazino avo angaachierera rute pavapinda muno vanga vachida kudya vana vangu, ndokubva ati kuna baba, Baba vangu vainzi Dennis, iwe ''Dennis ndakakuudza kuti handidi kuenda kumusha kwako nevana vangu vanozoroiwa nehama dzako , iwe ukati hapana zvichiaitika,hona manje, vapotsa vadyiwa pano, ndakuda kudzokera kuHarare,'' ainge atogumbatira vana achichema mukadzi uya, apo baba vainge vomunyaradza vachiedza kumunyegerera , iye akati kana uchida kuti ndirare pano, twana utwo ngatwuende kumba kwatwo,tunenge tuzvikwambo, zvakazoitika baba vakazoshatirwa ndokuburitsa pfuti semunhu wemusoja ndokunongedza kuna Runya voda kumupfura ndipo Mbuya Chibaiso vakasvetuka vachimuvhumbamira vachiti ''Dennis kana usingade vana ava ndipe hako ndichengete ini'', ivo ndokudaira vachiti
''tora twuvaroyi twako ubve pano musafe makatsika pano zvakare,ndokuurayayi mose''
Mbuya vanoti ivo vakatisumudza tose ini ndakange ndamukawo asi ndichine dzungu remushangu wandainge ndapihwa nababa, vakatiisa umwe kumusana umwe mumaoko ndokupfuura neparwizi votigezesa toenda kumusha wedu mutsva, ndokwakave kugara kwedu nambuya Chibaiso, kunyange zvazvo mabirth tainge tisina vainge vakwanisa kunotitorera kwaMudzviti nemazita evabereki vedu zvisina kuziikana nevehukama hwedu, ko vaigoda kuzivirei, handiti vainge vatadza kutirandutsura parufu rwambuya.

Mukufamba kwenguva ndakazoziva kuti mudzimai aive

mukaradhi uya parufu rwamai aive mudzimai wababa wavaigara naye kuTaundi kuHarare, vakatoita mwana naye nemimba yaainge akatakura paye yaainzi akazozvara matwins vakashaikira kuchipatara. Vana ava vanonzi havana kuzombouya kumba vakabva vapisirwa ikoko nekuti vaiti ivo ini naRunya tainge tavaroya kuti vazvare vana vakafa, zvinonzi zve , vakaedza kuita imwe mimba asi yairamba kubata, uyuwo mwana musikana mutsvuku wemuzera rangu ainge ari mubvandiripo wamai ava.

Takazozivawo zvakare kuti Baba nemukadzi wavo mutsva uyu vainge vachibika mapoto nababa Harare mazuva akatanga kurohwa amai kusvika vatisiya, iye ndokuzonochiroorwawo hake nababa asivainge vatonemwana musikana zera na Runya.

Avawo amai nyakutibereka , Mbuya Chibaiso vaiti vakatiza kushushwa nekungogaronzi ndikadzoka futi uchiripano ndoda kukuraya, vamwewo ndovaiti aiwa vakange vatiza neboyfriend yavo itsva sezvo baba vaisangouya uyawo kumusha, mheno kuti chokwadi chaiva chipi apa, ndichinzwa izvi, misodzi yangu yakayerera, ndakatanga kufunga kuti chokwadi here baba nyakundibereka ndivo vakange vatirasa kudai, hazvina hazvo mhosva chero Tina mbuya vedu pano.

Chitsauko 5

Pakange papera svondo kubva zvandainge ndatauriwa nhoroondo yehupenyu hwangu na Runya, nambuya Chibaiso. Ndinodavira kuti tainge tasariwa nemazuva maviri kuti Zuva rekisimusi risvike, ini ndaingoti dai yaitambwa, yapfuura nekutibndaifarira kuenda kunoit Form 1 Pa All Souls mission. Uniform nezvose zvaidiwa, Dhokotera Elizabeth vainge vatotenga uyezve zvose vainge vafanopa ambuya Chibaiso, school fees yegore rese yainge yatobhadharwa, zvairwadza kusiya muninína wangu Runya ega kuchikoro chevadoko asi ndaifarirawo kundosangana neshamwari itsva dzaibva kunzvimbo dzakasiyana siyana mumativi enyika yedu yeZimbabwe, ndaidawo kutamba nevanhu vakange vasingazive nyaya yangu yeGloria Flour kuti ndinzwe kusungunuka kwkakwana pane vamwe.

Nerimwe remazuva aya takamirira kisimusi, tichangopedza kudya kwemanheru, takatandara muimba yedu yekubikira tichikurukura nambuya, uyuwo Runya ainge avete pamakumbo ambuya vake, ndipo patakanzwa inzwi rechidzimai richiti
''tisvikewo pano'',
Nguva dzaive dzato kuma 8 dzeusiku, takatarisana nambuya sekuti taive tisinawo kana hama yaitishanyira pamusha pedu, mbuya vaive shirikadzi mubvakure wekuMalawi ainge atamira mumusha medu makare nemurume wavo Chimwene uyo akazoshaika mushure memakore mashoma achangodarika, uye vainge vasina kumbobvira vaita mbereko hupenyu hwavo hwose zvichireva izvo kuti tinge tisinawo hamayepedo yaipfuurawo nepamusha apa. Tisati tadavira inzwi riya

rakadzokororazve zvine mutsindo,
´´Mune vahu here mumba umo? Tati tisvikewo pano´´,
Mbuya ndipo pavakazodaira kuti
,´´ pindai henyu tiri muno ,´´

 Ndipo apo takaona popinda madzimai maviri ainge akapfeka mabatya dzechipurisa nemurume mumwe chete wechipurisa. Mushure make muchiteverwa naTete mai Manuere uyewo nababa nyakundibereka. Nichiona izvi, hana yangu yakarova zvikuru. Kuyangwe zvazvo ndaive mwana mudoko ndainge ndotoziva kuti hakuna kumira zvakanaka. Vanhu ava takange tapedzisira kuvaona kumariro ambuya vedu amai vaBaba akore mana ainge apfuura. Mubvunzo waive wekuti ko vaideiko pamusha pedu?

Vachipinda mumba mataive tigere vakadungamidzana kudaro, mbuya vakada kuedza kuti kuvaenzi vedu vaya, garai zvenyu nechepapa asi vakagurirwa munzira vasina kana kupedza kutaura zvavaida. Mumwe weMapurisa wechidzimai akati,
´´Mai imi you under arrest for kidnapping , makaba vana ava makore mana apfuura pamariro. Tanga tichikutsvakai nguva yese iyi nevana vevaridzi, nhasi takuwanai, baba vavo vari pano natete vavo ava ,they have proof kuti ndivo varidzi vevana vamunavo pano apa. ´´

Mupurisa aitaura uyu aive wechidzimai aitaridza kuti ainge ari munaku uyezve akadya mabhuku nekuti haiwa chirungu chaizivikanwa kwazvo. Zvose zvaaitaura aitaura achiita kutsenga mukanwa nechirungu.

Mupurisa uya achipedza kutaura ndakanzwa hana yangu

ichirova, nekubva ndatozviitira weti pandaive ndigere pamusana pekuti ndainge ndoziva zvazvaireva, vanhu ava vainge vauya kuzotitora asi mumoy mangu ndaiziva kuti hapana kumafuramhepo kwatainge toda kuendeswa asi kuti hupenyu hwangu naRunya hwainge hwoenda kumaziva ndadzoka.

Ndakatarisa kwaive kugere Mbuya Chibaiso ndichiti pada vachapindura, ndokuona mbuya vanyerere vachitadza kana kubudisa izwi kupindura zvainge zvarehwa nemapurisa aya.

Zvaive zvaitika apa ,vainge vabatwa neshock , panguva imwe cheteyo vainge vakatarira baba neziso raireva zvakawanda, ini ndini ndakazodaira kuti kwete, idzi dzaive nhema, ndokuedza kutsanangurira mapurisa aye nyaya yose yainge yakaitika ndirimudiki kusvika pari nhasi asi pandaitsanangura Tete vaiedza kundivharidzira kuti ndisataura. Ini ndainge ndotoita kuzhambatata ndichitaura nenzwi repamusoro kuti ndinzwikwe, zvisinei mapurisa akanzwisisa nyaya yedu asi kunyangwe zvazvo paisava nehumbowo hwaitaridza kuti mbuya vainge vakatiba, vakati vaifanira kutevedzera mutemo ,ndokutakura mbuya semusungwa vachiti sezvo vainge vavhurirwa Docket kukamba yemapurisaa hazvaiita kuto vavasiye, vaifanirwawo kuenda ku Matare makuru edzimhosva kuHarare kuti nyaya yavo indonzwika ikoko, uyuezve kana vakawanikwa vasina mhosva, vodzoswa havo kumusha, musi uyu vaifanira kundorara kuchitokisi chemapurisa cheMakosa chaive pedyo nenzvimbo yataigara, isu vana ndokutakurwawo tichinzi tifanoenda nababa naTete Mai Manuere nyaya ichifanogadziriswa kuti tiwane kudzokera kuna Mbuya Chibaiso zvaive pamutemo, asi ini sendaive ndati kurei uye ndaive nekakufugira kuti mberi kwedu kwaive kusina kumira zvakanaka ndakarambisisa uyezve nekurangarira shangu yandainge ndapihwa nababa ndichi mudiki vachinditi muroyi pamberi pemudzimai wavo nevana vavo vatsva.

Baba vedu, nemudzimai wavo mutsva vairarama upenyu hwaichiviwa nevamwe vavakidzani vavo muHarare, isu vana vavo vavakabereka tichidya nhoko dzezvironda. Baba ndainge ndisina kuvaregerera, ndainzwa kuvavenga kusina magumo mukati memoyo wangu uye ndaisada kuva kana nechimwe chekuita navo. Panzvimbo pekuti ndiende navo kumba kwatete zvainge zvataurwa nemapurisa aye, ndakasarudza kutakura Runya tichienda tose nambuya Chibaiso kundorara muchitokisi pane kudyidzana nemuvengi wedu. Sezvo ndini ndaive mukur ndakati taindorara naMbuya vedu muchitokisi tichizogadzirisa nyaya zuva raitevera.

Baba navatete ndokunangawo kwavo, isu tichindovharirwa husiku hwakare.

Zuva raitevera, takamuka zuva ratokwira zvaioneka nemutumahwindo tudiki twemujeri mataive, Mbuya vainge vachakarara, vainge vasina kumborara usiku hwese vachitaura voga , kwakazoti kwava kuma9 dzemangwanani Zuva ratokwira, taona nguva dzafamba pasina auya kuzotiona kuti tinzwe kuti zvaizofambiswa sei musi uyu pamusoro pazvo tainge tave kunzwa nzara.

Takaedza kumutsa Ambuya kuti tivhunze kuti tofanodyei? Runya ainge zvino ongobvunda nenzara mwana, wanei Mbuya chachando zvacho kare, ini ndainge ndati kurei ndakabva ndatoziva kuti ndoainge atove chisarai vazukuru vangu uyu.

Kufa kwambuya Chibaiso kwakandirwadza kudarika zvose zvakaipa zvaiitika mukati mehupenyu hwedu. Veduwe naRunya takachema zvisina akaona kusvika taneta misodzi ichiomera pamatama,takaita muswere wese tiri mukajeri aka nemunhu ainge akafa ,uye tiri toga, apo kutya nekushinga pamwepo zvaipota zvichitishanyira, ndaiti ndikati gare gare ndosimuka ndichindodongorera kuti mbuya vainge vafa zvechokwadi here pamwe pacho ndichivazunza zunza. Zviye zvekuti nzara painge pasisina,kana kuchema kwakapera.

Bundu raive randigara pamoyo raive guru, ndaingoti baba natete vainge vauraya Mbuya vangu, asi chekuita ndopakange pasina, ndakatozonzwa nzara mapurisa auya zvakare kwakundovira achiona kuti tainge tangove tega mbuya vaive vashaika.

Mapurisa aye akazotakura mutumbi, kundoitwa post moterm zvikabuda kuti vainge vaita asthma attack, isuwo misodzi yainge zvino yochierera takufunga kuti zvino ambuya zvavafa toendepi, hatina kuziva kuti hupenyu hwedu tainge tatorongerwa kare nevagoni havo.

 Mbuya vedu vakazosara vovigwa nevanhu vekusvondo yavo yeKaturike pamwe naDoctor Elizabeth nekuti isu tainge tatotorwa nababa asi tikarambidzwa kuuya kurufu. Ini Baba vakabva vandondisiya kumba kwaTete mai Lydia handzvadzi yavo mukuru uyo ainge akaroorwa nemubvakure wekuZambia asi achizotamira maMutoko imomo muGuta. Murume wavatete wangu ndaingonzwa kuti zvainzi vainge vakasanganirana kubhawa rainzi Madzeka riri muguta iri maitwa zvemafaro. Tete mai Lydia vainge vakamboroorwa nemumwe murume makore apfuura asi mbereko yakaramba ndipo vanonzi vakasiya musha murume uya oroora mumwe mukadzi ivo ndokutanga kuita zvemafaro enyika apo vkabva vaita rombombo rakanaka kusangana nemubvakure uyu aive ainemari dzake nemabhizimusi, akabudirira kwazvo asi ainzi ainge akafirwa nemukadzi akasiirwa vana vaviri Lydia na Athur avo vaive vachi vaduku panguva iyi. Murume wavo uyu aingodawo munhukadzi aikwanisa kumuchengetera vana vake vachikura. Zvembereko ainge asina basa nazvo. Pavana vemurume wavo uyu, Lydia ndiye aive mukuru saka Vatete vedu vakabva vangotanga kudaidzwa nezita remwana uyu. Tose takakura tichingonzwa vachidanwa kunzi mai Lydia.

Chitsauko 6

Ndichisvika kwatete Mai Lydia, ndakashamiswa zvikuru ndichiona magariro avo, vaigara kuma Saburb emaMutoko imomo makare. Pamba patete mai Lydia paive nemagetsi, mugodhi uye mvura yepaTap iya.

Musha wavo waive mukuru pachinge papurazi remurungu. Vaive nezvipfuyo zvakasiyana siyana zvaisanganisira mombe, huku, hangaiwa, tsuro, mbudzi nenguruve, Paitaridza kuti pamusha pane maguta.

Nguva dzandakasvika aive masikati, matanga aiva akashama zvipfuyo zvichinzi zvirimo mumafuro mupurazi imomo makare nemukomana aizvitarisa, ndakaratidzwa imba huru yaive ine zvose kubvira kitchen in chitofu chechirungu chemagetsi kusvika ku bedroom ravatete nemurume wavo raive rine imba yekugezera mukati imomo zvakare uye nemvura inopisa. Marooms evana vavo vose ainge aripo akashongedzwa. Kunyange zvazvo panguva iyi vainge vose vakura vave kudzimba dzavo, marooms aya aigara ari akachena mubedha wakawaridzwa nemamatching bed covers zvaienderana nemacurtains acho, mumba umu maitsvairwa mazuva ose nekuzunzwa dust. Imba yose hayo yaive ine mavara erudzi rwe yellow, blue neka red aiwa maiva makanaka mumba umu, maiyevedza zvachose. Maive nemidziyo yechizvino zvino.

Pese apa vaifamba neni vachindiratidza vaiti muzukuru ose aya marooms ndiwe unotsvaira kubvira kukitchen imba yokutandarira yevaenzi zvese kusvika kumabedroom kwedu uku. Ndakashamisika kuti nemapenyero ainge akaita mumba umu musina ka dust zvako vaida kuti ndigotsvaira papi pacho isu taingove vashoma pamusha. Floor yavo yaive yakaita kupenya kunge girazi waitozvioona zvakanakisisa chaizvo kana usina chiringameso. Munguva yese iyi ndaingoti nechemumoyo, haa ndichakurawo, ndinodawo musha wakaita sewatete vangu uyu. Ndipo vakabva vati, ,"Daviro muzukuru ndinoziva kuti zvakanaka kudai unozvidawo, ukangotevedzera chete zvandinoda kuti uite pano, uchatoshamisika wato neimba yakow yakanakudai. Kudya uchiita kwekurasa. Hana yangu yakarova ndichishamisika kuti kovainge vazviziva sei zvandaifunga panguva iyi. Ndakangonyemwerera hangu ndokuti ´´ Ndazvinzwa vatete´´.

Vapedza kundiratidza mumba mavo vakati chihande ndinokuratidza mako maunorara, ini ndaita pada mumba muwechetemo, ndikaona tobuda mumba muya toenda kune imwe diki yaive padivi, yavaiti boyskayi, ndokukinura musuwo voti pinda hako muzukuru, apo ivo vaive vamire pamusuo pavaitaura zvese izvi, ndokuti
" Rongedza mabag ako wogeza upfeke hembe dziri pamubhedha idzo ugouya kuimba yokubikira nekukurumidza" vakadaro vachitofamba kuenda: Chakandishamisa ndechekuti havana kupinda neni mumba umu vachindindiratidza kuti ndorongedzera pai kana kunditambidza makey emba iyi yandaizorara, vakane vadzorera muhomwe mavo. Ndakangoti pamwe vachazondipa havo.

Ndichipinda mumba muya maive nemipanda miviri, imwe yaive imba yokugezera yaive nekashower kaibuda mvura yakatonhora uye imwe yaive nekasingle bed kane magumbeze egrey aye anofugwa nevanhu muchipatara, Ndichifunga kuti chokwadi umu ndimo mumba mandaizogara ivo vari mavo musabhabha, ndakangoti kanha nazvo, kuti nditi tete vairevesa here kuti umu ndimo mumba mangu mandichange ndichigara? Ko imba yavo zvayaive huru wani vaida uti muzogarwe nani ivo vaisave nevana pamusha?

Sezvineiwo hazvo zvinonzi nevakuru munhu gutsikana nezvauinazvo, ndakageza nekukurumidza, ndokuzora mafuta ainge ari pakamubhedha kaya anga akanyorwa kunzi cocoa butter, ainhuwrira zvokuti ndakabva ndamafarirawo, ndini uyo pfekei Jean rangu repfumbu randainge ndapihwa Dhokotera Elizabeth ne T-shirt yacho ye yellow yanga yakanyorwa pamberi kunzi Miami Beach, ndichisiya mbatya dzavainge vandiratidza dzainge dziri pakasingle bed paye, ndokuenda kuimba huru kuya kuti ndinovatauria kuti Tete ndapedza, ndichisvika vakanditarisa kubva kutsoka kusvika kumusoro ndokuti inga muzukuru utori musikana musvinu fani, ko waregerei kupfeka zvandasiya ndakuratidza? Zvisinei nemanakiro ako aya kuita kamhandara,aiwa unotowanikwa neatanga, nenyadzi ndakakongotsikitsira musoro ndichiti ahh tete ndichiri mwana mudiki ini, handidi zvevarume.

 Vatete vakaseka chikwee chainzwikwa kuririma nemadziro ndokuti,
,"usandisetse iwe, iro zamu negaro rakadaro iro nderemwana here iri? Ungaite garo nezamu rakadai kamunhu kadiki kunge iwe, hausi wakatoziva varume kare here iwe?" vakadaro Vatete vamire vakabata

muchiuno mavo. Ini ndainge ndongoti ko izvi zvabva nepi, ndakatsikitsira musoro,nekutya zvese ndokudaira zvangu kuit aiwa handina ini tete nditori mhandara yakazara, ivo ndokuti kubva zvakanaka muzukuru, ndichazvionera ndoga vachibuda kuenda kuimba yavo yekubikira. Kutaura chokwadi ndakatadza kuziva kuti vaizozvionera sei, muviri waive wangu ndini muridzi ndaizvizivira.

Takazongopedzisira pasina aitaura nemumwe ivo ndokuzoti, Muzukuru Daviro, chipinda muimba yeuswa iyo panze yekubikira ubike sadza rako neremukomana wemombe anodzoka iko zvino, zuva raenda, upfu nemafuta nemuriwo zvirimo imomo, kana wapedza wovhara sadza remukomana pastove wosiya riripo anouya achidya zuva ravira. Ndakapinda muimba iya yekubikira yairehwa, hongu upfu nemuriwo zvaivemo asi chakandishamisa ndechekuti ndaifanira kubika nemoto ivo vachidya zvavaibika voga nemagetsi.

Uyu ndowakave mugarire wangu, kana kisimusi handina kumboitamba, kubva musi uyu ,ndaimuka kuma 5 dzekuseni, ndondotsvaira mumba mavo mechirungu, chivanze ndaitsvaira zuva risati rabuda nekuti ndowaive mutemo wepamusha apa, mamwe mabasa ese andainge ndapihwa epamba ndaiita, ndaingobika ndoga chikafu changu nechemukomana wemombe mazuva ose ndosiya mumba yokubikira,iye ouya kuzodya kana kwavira.

Chimwe chaindinetsa pamba apa ndechekuti mukomana uyu handina kumbobvira ndakamuona,ndaingoona mazuva ose kuseni kwega kwega ndiro dzakadyirwa dzakachena uyu tsoka dzine pfumbu dzakandindha mumba umu sekuti maive nefloor yesimende, yaizorwa cobra nekushainiswa mazuva ose, zvaingondinetsawo kuti ko akamboita seiko mukomana wemombe uyu asingade kuoneka, ndaive neshuviro yemunhu wekuitawo naye nyaya. Uyuwo murume wavatete ainzi akaenda kuZambia nebasa achadzoka hake zvinoreva kuti muswere wose tainge tingori toga pamba apa naTete.

Ndainge ndisingafarire kugara pavatete nekuti ndaingove ndoga ivo vaiswera kumadzisahwira avo kana kuzvivharira havo mubedroom mavo uyezve kana varipo,hataimboita nyaya taitenge mushandi nemushandirwi wake.
Akazoti ave mazuva ekuti zvikoro zvichivhurwa ,ndakati regai ndichiyeuchidza vatete kuti ndaifanira kundotanga Form 1 kuAll souls Mission asi semuday scholar zvinoreva kuti ndaitofanira kubva kwavatete nebhazi kuendako mazuva ose. Izvi zvaigoneka chose nekuti mabhazi aive azere aienda ikoko mazuva ose.

Vatete vakandirambira vachiti havaikwanisa mari yebhazi, yaivawandira, ndipo ndakati ndaigona kuita muborder ndopota ndichiuya kuHoliday asi izvi vakazviramba zvekare, asi ini ndainge ndakazvipira kuenda kuchikoro, ndakaramba ndichivanetsa, asi waitoona kuti zvaipinda neimwe nzeve zvichibuda neimwe. Vaingoti chikoro unochidii gara pano ndichakutsvagira murume kwaye anokuroora anemari agokuchengeta, kwete kupedzera nguva mumabhuku asina basa. Ini ndokunyarara zvangu asi ndainge ndiine chigumbu mumomoyo mangu. Vatete ndainge ndonzwa kuvavevnga zvikuru, zvikoro zvakavhurwa ndichiona vamwe vana vemuraini medu vaipfuura nepaghedhi pedu vachipfuura nemaUniform manyowani vachiseka nekufara vari munzira yekuenda kuchikoro, ndainzwa hana yangu kutsemuka nekurwadziwa.

Zuva retatu zvikoro zvavhurwa ndakamuka kuseni semazva ose kuti ndiite basa rangu kuti 6 dzizondichaire ndapedza mabasa angu ose epamba ndomira hangu paghedie ndichiyeva vamwe vana vaipfuura nepo mangwanani oga oga vakananga kuzvikoro kwavkasiyana siyana. Izvi handina kuzokwanisa kuzviita musi uyu nekuti ndakawana muyard medu makamira mota mbiri dzaive neruvara rwutvsuku neruchena uye dziri dzerudzi rwe Datsun.

Ndakabva ndaziva kuti taive taita vaenzi, ndakaita basa rangu samazuva ose, ndokupedza nekunogeza sezvandinosiita mazuva ose pandinge ndapedza basa, ndichipedza kugeza ndatopfeka ndave kuda kubuda ndipo ndakaona muimba mekugezera mandaive mune zinyoka rerudzi rweshato rakazviunganidza nechepadivi pedyo nemusiwo zvekuti ndainge ndisisina pekubuda nepo .

Ndakridza mhere nekutya asi hapana akauya kuzondirandutsira, pamusha pakange pakanyararwa musi uyu kuita sepasina vanhu. Ndakaridza mhere kusvika pahuro paoma ndakutoshoshoma. Chakandishamisa panguva iyi ndechekuti, nyoka iyi yainge yakapfava yakangonditarisa isina kana zvayaiita. Yaingondivharidzira nzira kana ndoda kumhanyira kumukova badzi. Mupfungwa dzangu ndainge ndotozviona ndakamoneredzwa nenyoka iyi ndoenda kwamupfiganebwe, munin´´ina wangu Runya ndainge ndofa ndisingazombomuone zvakare, ipapo misodzi yangu yakatanga kuerera, ndakaona nyoka iye yakanditarira nemaziso ainge etsitsi yakadzikama , ikabva yozvongonyoka ichibuda nepamukova kuenda, sezvineiwo paive neimbwa panze yakaiona ndokutanga kuhura zvinesimba ndipo ndakawanawo mukana wekubuda mumba muya mekugezera ndichitiza asi zvandkasangana nazvo ndave panze ndizvo zvakandipedza.

Imbwa iya yainge yamoneredzwa zvino nezinyoka riye , ndipo ndakanhonga chitanda chaive pedyo ndichipotsera yakasvikorohwa nepamuswa apa ichibva yasiya imbwa iya yozvongonyoka zvekurwadziwa ichindopinda pasi pedzimota dzaive pedyo.

Ndakati hewo mukana kumhanyira kuimba kwavatete ndichidanidzira kuti,
"Nyoka iyo, nyoka, Vatete," ndakawana vatete Mai Lydia vakandimirira pamusuo wemba yavo vasiri kana kuvhunduka , ndokuedza kuvatsanangurira zvainge zvaitika ivo vakabata muchiuno ndokuti '' Nhai Daviro ungatya iye Andrew uyu, hapana zvaanombokuita, rega azvifambire ega zvake nemufaro, pano pamusha pake, apo vaitaura vakabata dress raive reurdzi rweViscos rine mavara matema nematsvuku riri idzva, riine shape iya yavanoti pachirungu pencil dress ine kabesu kakavhurika kumashure kwaro neshangu itsva eblack erudzi rwestompie,uyezve kalipstick kaive kachiita kunge vaseline nekaperfume kakanzi Lavender, vakanditambidza ndokuti, zora mafuta aya ecocoa butter andakakutengera wopfeka izvi ugouya kuimba yevaenzi.

Vakawedzera zve vachiti nhasi haubikire mukomana unodya kuimba huru, ini ehoyi tete, tambirei zvinhu zviya, ndoenda nazvo kuimba kwandairara asi mupfungwa dzangu ndaingunonetseka nezinyoka riye rainge rakandigarira muimba yokugezera. Ndaive zve nekakushushikana mupfungwa kutiko anga achinzi naTete Andrew ndiani , handina kumbenge ndaona munhu ini kunze kwenyoka iya badzi.

Sezvineiwo ndakapinda mumba mangu ndokupfeka ndichifarira mbatya itsva nekukanganwa kuzora mafuta aya ecocoa butter, ndokuzora vaseline rangu randainge ndakabva naro kwaMbuya Chibaiso. Ndave kuda kupedza kupfeka, ndakaonazve Vatete vadzoka vakamira pamusiwo vakandiyeva ndisina kupedza kusimira zvikanzi, muzukuru wati waonei kuchimbuzi ini ndokuti Nyoka , zvikanzi aiwa hapana zvawaona , wanga uchivhumuka, ini ah nhai tete iwo masikati machena akadai aya ndobva ndangovhumuka chokwadi, ndipo pavakati , zvinogona kuitika ufunge, tambira mukombe uyu unwe usvusvu hwezviyo uhu urege kuvhumuka ungazotadze kurara, ini ehoi ndichitambira mukombe uya, ndichiti rega nditange ndapedza kupfeka ndozonwa zvangu usvusvu hwandainge ndapihwa.

Ndapedza kupfeka ndakange ndavarairwa nekuzviyeva nekugarwa kwandainge ndakaitwa nerokwe riya, ndokukanganwa zvemukombe waive padivi pangu ndichibva ndautsika iwo nekutopwanyika ndichiona usvusvu huya hwezviyo huchierera mumakumbo mangu uye pane zvaierera paiita sekuit paive netumidzi nmashizha manyoro asi handina zvakawnada zvandakafungira nekuti ndaiziva kuti mishonga yechivanhu mizhinji yainge iri yetumidzi nemashizha manyoro kana akaomeswa. Zvose izvi ndaizviziva nekuti ambuya vangu amai vaBaba vedu vaisimbotipa tumidzi twekurapa kana tichinge tarwara pataive vadiki. Kupwanya kwandakaita mukombe uya kwakandivhundutsa nekuti ndainge ndanzi ndidzoke navo kana ndichinge ndapedza. Ndakazodyorera hangu makwati aye nekupukuta usvusvu huya nemadhende ndonorasa kuchimbuzi chegomba chaive mumunda.

Chitsauko 7

Ndichipedza izvi ndakaenda kuimba yekudyira kwaive nevaenzi vedu uko ndakawana vose vakatondimirira, vainge votoshaya kuti ndainge ndanonoka neyi. Ndichingopinda mumba mubvunzo wekutanga waive wekuti mukombe wavo ndainge ndaisepi ndipo ndakanyepa kuti pandainge ndapedza kunwa ndainge ndausuka ndikananika pamutariro panze, izvo vakabvuma.

Mumba umu maive navatete maive nevarume vaviri. Varume ava vaive vakasvika uyewo vakapfeka zvainwisa mvura. Pamakore vaitaridza kuti umwe aive kuma 70 years umwe aive kuma 40 ikoko. Murume mudiki handina kunge nadmuziva uye aitaridza seainyara kusanganidzana maziso neni neni nekuti aibva atarisa pasi nekukurumidza, asi murume mukuru uyu ndakabva ndamuziva pamusana nemifananidzo yaiva mumba umu. Ndkabva ndaziva kuti ava ndivo vaive babamukuru baba Lydia.

Pavanhu vaive mumba umu, pakange painewo mudzimai aiita sewekumakore makumi matatu nemwanakomana wezera remakore mashanu asi vainge vasiri kutaura kana kusumudza musoro vanyerere uye pakati pevaenzi ava paivewo nemukomana ainge wekumakore angangoite gumi nemasere uyuwozve aingotsikitsira musoro asingataure kana kunditarira kumeso. Ndakapiwa Introduction yevarume vaivemo mumba kunze kwemukomana uyu mudzimai uya nemwana wake. Murume uya wekuma40 years aive muzukuru wababamukuru baba VaLydia ndiye aive neimwe yemota dzaive panze.

Ndakagara pasi padivi pavatete ivo ndokusimuka panguva imwecheteyo ndokundidaidza kwave kuenda neni kuimba yavo yokubikira. Tichipindamo ndakanzwa voti '' nhasi muzukuru wakachena chaizvo, ende uri kunhuwirira zvakanakisisa, kuita mukadzi chaiye wanhasi, ndokundibvunza kuti
''wazora mafuta aye handiti andakuudza''?
ini ndokuyeuka kuti ndainge ndazvikanganwa asi nekutya kutukwa ndakangoti hongu tete ndazora, ndokunditi good waita zvakanaka wanditeerera, Tichadzokera muimba yekudyira asi kana tavemo ndinoda kuti unogara peyo naAndy muzukuru wedu uyo , umutaudzewo nyaya uchimusekerera handitika muzukuru, ita zvekungwara ngwara, anogona kutokuroora Andy uyu munhu ane mari dzake ufunge unenge watopinda muupfu wakutokwanisawo kugara nemunin'ina wako ari kutambudzwa kuHarare uko, apo vaitaura ndichingogutsurira musoro asi ndichinyara nyara, vakazoti ,''nhasi hauvati kuboyscaya uko , unovata mubedroom maLydia umo handiti ka? Ini ndokudavira ndichiti hongu tete, ko ndaigoita nharo yeyi, ndaitodawo chaizvo kurarawo muimba pamubhedha wakanaka zvandainge ndisati ndamboita muupenyu hwangu.

Tichipedza kutaura takadzokera mumba yokudyira ndichibva ndanogara padivi paAndy uya zvainge zvarehwa navatete asi ndaive nekakutya mukati mehana mangu, ndaingonzwa kuzeza, hamheno kuti nei kunyangwe zvazvo aitovewo mukwimba werume aitomiswa pane vamwe varume. Andy uya akatanga kushenaira kunditambidza mvura kana chero chandaida chaive kure neni patafura yekudyira, ungave munyu kana chekunwa. Apo aiedzawo kutaura nyaya neni ichiseka, asi waitoonawo wega kuti pano nyaya dzasiyana, nyaya dzendumurwa nemurume wemakore makumi mana!

 Tichipedza kudya ndakarambidzwa kusuka ndiro sezvandaisiita mazuva ose nekuti vatete vaiti ndaizoneta nekuita tsvina, ndokuchinzi ,''Mainini Daviro, chibvai matopinda mubedroom umo unwe drink ririmo, rakatonherera ranga riri mufiriji, kana mapedza murare henyu tozoonana mangwana kwakachena'. Iniwo ndokutiwohongu Vatete nekufarira kunzi mainini , uyu ndomusi wekutanga kundidaidzawo pachiramu kubva zvandatsika mumusha mavo, ndinodavira ndainge ndavafadza vatete nekutaura kwandaiita naAndy muzukuru wavo. Pandaknge ndoenda kuroom kwaLydia kunorara , ndakabva ndadhumana naAndy uye munzira uyo aiita zvekufamba achikamhina semhunhu ainge akuvara zvikuru. Panguva iyi ainge akapfeka chikabudura chekhaki chaigumira mumabvi umu. Zvese izvi ndainge ndisina kuzviona patainge takagara tose muimba yekudya sezvo anga asina kumbosimuka. Ndakakanuka kuti ko chave chiizve, ndichimubvunza kuti ko gumbo maitwa sei, iye ndokudavira kuti ainge arohwa nemombe dzavatete achiedza kudziisa mudanga painge padzoka mukomana wavo wemombe.

Ndichinzwa izvi ndainge ndotomunzwira tsitsi ndokuenda kunokumbira mvura yakadziya kuna Vatet ndichida kumutova pagumbo rainge razvimba izvo zvinova zvakafadza vatete, ndokubva vatondipa nemafuta eCamphor cream kuti ndimuzore paive pakazvimba vachiti mafut aya aibatsira zvikuru.

Ndichidzokera pandainge ndasiya Andy ndakasvikoita zvandainge ndarairwa asi chaindishamisa ndechekuti pese paairwadziwa asikwanisa kuchema aingoti Shiiii shii zviye zvine ruzha mukati akavhara muromo, handina hangu kufunga zvizhinji, ndichipedza kuita zvandainge ndaudzwa, akatenda zvikuru. Ndakamusiya akagarapo ini ndoenda kuimba kwandairara musi uyu.

Sezvinei ndave ndoga muimba mangu muya, ndakati regai nditange ndaenda kuchimbuzi ndisati ndarara kwete zvekuzomuka pakati peusiku ndichinyaudza vaenzi.

Ndichibuda muchimbuzi muya ndiya dhuma, dhuma pamusuo nemukomana uya ainge akatsikitsira musoro panguva yandainge ndanoonavaenzi muimba yekudyira wandainge ndisina kuudzwa kuti aive ani, mukomana uya akada kuedza kufamba achitza asi ndakakurumidza kundomira mberi kwake nekuti ndainge ndamunyumwira kuti ko nemhaka yei ainzvenga kunditarisa kumeso, mupfungwa dzangu ndaiziva kuti ndiye mufudzi wemombe dzaVatete asi apa ndipo ndakawana mukana wekunyatsomutarisa kumeso, wanei chiso ndainge ndachiziva ichi. Hana yangu yakarova panguva imwecheteyo. Ko zvaaive Takura hanzvadzi yangu wataive tashaya makore mashanu ainge apfuura pamwe nezvipfuyo zvaambuya. Ndakati ,'' Takura, ndichidana zita rake iyi ndokucheuka asina kudaira, akangoti ''usanwe drink riri mubedroom umo ingorara chete, handisini Takura wakanganisa kuona'', apo aitaura achitofamba kuenda kana kucheuka achinyangadika nerima raiveko musi uyu.

Ndakangosara ndakati kanha nazvo kushaya kuziva kuti ko aiedza kuti kudii paakti handisini Takura, ini ndichitoona kuti chiso ndachiziva ichi. Sezvineiwo semunhu asina zvakaipa zvaaifungira, ndakati rega ndigozobvunza tete mangwana kwachena, ndokunanga hangu kuimba yangu kuya kunorara.

Zveshuwawo ndakawana mune 2 Litre Coke yaitonhorera ichiratidza kuti yaive ine zvimagodo zvechando mukati. Maivawo nema lemon creams biscuites padivi. Ndakanzwa moyo kudokwaira kuti nhasi ndozviuraya hangu. Zvinhu izvi ndainge ndapedzisira kuzvidya kumba kwevamwe nurse mazuva aye andaibatsira mbuya Chibaiso ndichangopedza kunyora grade 7 kuita mapiece jobs avo.

Ndakawana pamubheda paine night dress yerudzi rwe Lace, iri refu kusvika kutsoka ineruvara rutema asi, handina hangu kuda kuipfeka nekuti ndaitonzwa sendakashama, ndaida hangu kurara ndakapfeka madzoto angu emzuva ose asi nemhaka yekuti ndaive ndamasiya kuboyscaya kwandaisimborara ndakazviudza kuti zvaive nani kurara ndakapfeka rokwe randaive naro, muviri wangu wakange usina kujaira zvechirungu izvi.

Ndisati ndarara ndakada kuti ndimbotora drink nemabiscuites aye ndidye asi moyo wangu waingoramba, pose pandaisimudza ruoko rwairema zvisingaite, kana kuita sepane munhu airurova rwowira pasi, kusvika ndazvirega asi hana yangu yainge issiina kugadzikana nemanenji ainge oitika apa, ndaingonzwa sekuti ndaisava ndega mumba umu.

Ndakada kuti ndibude ndidongorere panze kuti vamwe vose vainge vararawo here, ndokuwana musuwo wangu wakakiiwa nechekounze nekuti mukati makange musina key.

Hana yangu ndokutanga kurova. Ndainge ndozvibvunza ndoga kuti,

''ko aive akiya musuwo aive ani, uyezve nemhaka yei,'' ndakada kuti ndideedze Vatete mai Lydia kuti vandivhurire musuwo ndiiende panze asi izwi rairamba kubuda; panguva imwecheteyo ndakangotanga kunzwa kupera simba ndokutogara pakakona kemubhedha uya, ndakadaro ndofunga kusvika pakati peusiku ndichitadza kusimuka ndakangodaro, zviya zvinoitwa nemunhu arikunzwa madzikirira. Ndichiri muchadzimira imomo ndopandakanzwa musuwo kuvhurwa, ndokuita sendaiona vatete mai Lydia vachipinda mumba muye vari musvo.

Mushure mavo maivawo ne murume wavo ari musvo, achiteverwa nemuzukuru Andy uya wekukamhina, asi panguva iyi akange atori chigwindiri asiri kukamhina zvinova zvakandishamisa zvikuru sezvo munguva pfupi yapfuura airatidza kuti aitogona kuzoita zvimazuva asingakwanise kunyatsofamba. Andy uyawo ang ari musvo zvakare zvokuti vose vari vatatu panguva pfupi iyoyo ndakakwanisa kuona zvavaive zvose, ndaiona nhengo dzemuviri wavo dzose, kubvira kunavatete vaive mberi vane mazamu ainge akamira kuti twii seemhandara sezvo vainge vasina kumbobvira vakayamwisa mwana.

Sikarudzi yavatete Mai Lydia yaive izere vhudzi yaksviba kuti tsva ichiratidza kuti haina kumbobvira yakachekererwa hupenyu hwavo hwose, makuriro evhudzi iri waigona kutoruka magodi aye atinofree hand muchirungu achitobuda zvakanakisisawo chaizvo, pakati pemakumbo avo paive netunyama twairembera kunyanya pavaikotama twaitoooneka kwazvo, ndakatadza kuzivawo kuti chaive chii panguva iyi. Murume wavatete ainge azere nevhudzi nechepadundundu apa rakamonana monana uye aive nekaguswani kesikarudzi kakatenderedzwa netuvhudzi twainge tuuswa turi kushaya mvura mugore renzara tuchingonyobvorwa nyobvorwa nembudzi mumamfuro pose patwada kumerawo. Baba ava vaitaridzika semunhu kana vakapfeka kwete vakashama, ndakatadza kuziva kuti kuchimbuzi vaienda sei nekaguswani aka. Uyuwo Andy ainge asina kana vhudzi zvaro raioneka, waive mubara muviri wose achipenya kunge munhu azorwa cooking oil. Sikarudzi yake yaive yakakura zvaityisa waiti ruoko rwemana mudiki angangove kuGore pakuzvarwa, ndakashamiska kuti zvino mabhurukwa aaipfeka aikwana sei kusenga mutoro wakadai asi ndiri mukati mekufunga izvi, akavhara musuwo waainge asiya wakashama pakutanga paakapinda, vose vaive vakananga kumubhedha kwavaifungidzira kuti ndaive ndakarara.

Ndakada kuti ndivhunze vatete kuti chii chaitora nzvimbo uyezve nemhaka yei vose vari vatatu vaive muimba yangu yekurara vari musvo, apo hana yangu ichibika manhanga kurira.

Hamawe murumo wangu wakaramba kuvhurika kuita sekuti pane munhu aive aka ubata zvinesimba, kana kusimuka panguva iyi ndainge ndisingagone, ndainge ndingori pakakona kemubhedha uya. Mumba umu maive

nerima ndakashama kunzwa zvakunzi, aah hapana munhu apa, baba Va Lydia. Babamukuru vangu ndokuti, ´unorevei kuti hapana munhu iwe Trisha, hauna kuita nekumupa mushonga uya here zvose zvandakuudza?,´
Ivo vatete vakange vachingopusa zvino ndokuti,
" ndamupa mufunge, asika honai night dress iri harina kumbopfekwa kana, iro drink racho randamuti anwe haana kana kumboribata, nemabiscuites ayo atanga taisa mushonga wekuti arare asamuke. Vose vakatrisana vachiita sevapererwa, ndokunzwa zvonzi nemuzukuru uya ko ´Mumafuta ake ekuzora amati cocoa butter aye makagara maisa here mushonga wandakakupai Mbuya´?
 Ivo vatete ndokudaira kuti
" hongu atonditi ndazora uye anga achitonhuwiria, kasi taita mhiko zvisizvo?´´
  Ndichinzwa nekuona izvi ndaiti pada ndiri kurota, zvaaita sekuti ndakarara uye ndirikurota hope dzinotyisa ndisingakwanisa kupfakanyika semunhu ane madzikirira, veduwe ndakanetsekana nemashoko ese andainzwa aya, asi chakanyanyondinetsa ndechekuti ko sei vaisandiona ini ndaivewo navo pamwechete mumba umu, kasi ndairota here, asi ndainge ndafa, kana kuti aive Madzikirira?

 Ndichirimukushungurudzika   nezvaaitika   apa, Babamukuru vakatarisa vatete vachiridza tsamwa, uyu muzukuru wavo Andy akatanga kupopota zvino achiti,
"Saka mbuya makarega kuita mhiko nemazvo muchiziva ini ndave kudawo kugara nemukadzi, moda kuti ndifire mugota here? makaita mukadzi, nemwana wangu chikwambo chenyu chemari mukandivimbisa kuti munondipa umwe mukadzi mhandara isina kumbobvira yakaziva murume. Mhiko yenyu yaiti munondipa ari

wedzinza renyu uye iri mhandara, Zzvinoreva kuti munhu wamanga muchida kundip haisi mhandara nekuti zvese izvi hazvaidai zvaitika muzuva ranhasi, manga muchida kundipa munhu akaboorwa zvake kare ndigoita munyama, hamunyare makaita sei, manje ini mukadzi wangu rwendo rwuno motondipa, motoona zvekuita, kana zvaramba neuyu motondotora munin´ina wake kuHarare uko.   Handisi kuzodzokera Zambia ndisina mukadzi rwendo rwuno. Apa Andrew aitaura achibuda mumba umu nekurovera door, babamukuru vachitevera mushure make.

Vatete zvino ndokusara vakangogumbata maoko vachizunguza musoro. Pavakazoti cheu, voda kubuda mumba muya mandaiva vakaita sevavhurwa meso ndokundiona ndigere hangu pakona yemubhedha apo ndichidedera kunge rutsanga rwaive mumvura ndatozviwetera pandaive nekutya.

Vatete vakaita zvokuvhunduka vakati kwandiri,
" Hezvo, unoroya here iwe Daviro, wapinda muno nguvaiko muno? ini ndokuti ndange ndiri muno nguva yese ini, handina kumbobuda.

Apa ndipo pavakabva vaziva kuti saka zvose zvainge zvaitika ndainge ndaona uyewo ndainge ndazvinzwa, ndakavabvunza kuti nemhaka yei vaive musvo asi havana kudavira, ndokutanga kuridza mhere vachimhanya kundovhura musuwo vachideedzera kuti, imi dzokai arimo muno uyu vachinongedzera pandainge ndakagara. Varume vaviri ava vakadzoka chiri chipiti piti kupinda mumba muya asi havana kundiona pavainongedzerwa pandainge ndigere, vainge votowona kunge vatete vaaita zvekutamba nepfungwa dzavo, ndokuti, " Usatpidzere nguva iwe , kuswera mangwana toenda kuhanzvadzi yako kundotora Runyararo.

Vachingobuda , ndipo va vatete mai Lydia vatanga kundiona zvakare vodeedzera zve, izvi zvakadzokororwa katatu zvichingoitika zvimwezvo, kudzamara sekuru, nemuzukuru vabuda ivo vatete ndokuti rara muzukuru, wanga uchirota,hapana zvaitika muno, apo vaitaura vachiwaya zvimvura imba yose asi ini haina kana donhwe zvaro rakandimhara paita sekuti pane munhu aindidzivirira.Pavakapedza tumhiko twavaaita vakabva vabuda vachiti tozotaura kwachena apo vachibuda uye nekusiya vakiya musuwo wavo nechekunze.

Chitsauko 8

Vose vachingobuda ndakanzwa inzwi raiti,
"Daviro, kana uchida kurarama, buda utize ikozvino, kuchingoedza chete handikwanise kukudzivirira, vanhu ava vari kuda kukuraya kwachena nekuti wave kuziva zvakawandisisa, ndini Takura hanzvadzi yako ndakabiwa kumakura navaTete emurume wavo kare paye tichivadiki ndaenda kumombe. Ndokuya ndouraiwa vondiita chikwambo chepano pamusha. Kana mukadzi wechidiki nemwana pakauya vaenzi wausina kuudzwa nezuro kuti ndiani zvikwambo seniwo futi. Vanongori mazungaiwa seni, tisu tiri kuita kuti mari ivepo muno mumusha.

Ini nditori chimwe chezvikwambo zvepano, asi mweya wangu hauzombozorore vakakuita chikwambo chavo ,zvavakaita zvakwana. Tarisa pasi pepillow iyo pane mari iripo, ubude nepawindow ubve pano ikozvino usadzoke pano uye usazondotaure zvawaona kwaunoenda. Ukataura chete vanokuwana vokudzosa pano, usakanganwe mwana Runya, haana kugara zvakanaka kuHarare uku, ndanzi nambuya Chibaiso ndikuyeuchidze mwana.   Pakutanga ndakati hezvo asi ndave kurota pakare here , asika asi inzwi zveshuwa raive raTakura ndaisamuona mumba umu ndaingonzwa izwi rake chete, nemhaka iyi ndakanzwa kutya kukuru, iye akazviziva ndokuti ´ usatye hako Daviro ndinewe munzira usacheuke, asi usati waenda pfuura nepadanga remombe apo ukande mari iri pasi pepillow pamamombe ine nyanga hombe irimo ndiyo yega haumboishaya.

Izvi zvichaita kuti uchengetedzeke murwendo rwako, mombe iyoyo ndeyemudzimu inonzi Runda, yakapihwa vatete senhaka pakafa ambuya edu, hapana aiziva kuti imombe yemudzimu ndiyo inotichengetdza, asi inotoda mupiro saka usazorega kuita zvandataura, apa aitaura ndichinginzwa izwi mutumbi ndisingauone. Achipedza kutaura ndakanzwa simba randainge ndisina kumbofungidzira kuti ndingaite nekutosimuka pandaive ndigere.

Hamawe, zviya zvamunonzwa zvekuti kutya, manyepo, zvakandipinda zvikandibuda ndikave munhu kwaye, ndakakwanisa kusimuka nerokwe idzva riya nezvistompie zvandainge ndakapfeka panguva iyi,ndokubuda nepawindow ndichinyahwaira kuenda nekudanga remombe, kunze kwaive kwakati zvi kusviba, ndofunga kwainge kwatove kuma3 dzekunze koedza, musha wose wainge wachiti zii zvino, asi pakati pemunda ndaiona sepane kamoto kaibvira kachisvetuka svetuka, kodzima , nenguva isipi kotangazve kubvira, hamheno kuti ndozvandaiona here kana kuti ipfungwa dzangu dzainge dzomhanya nekutya zviitiko zvezuva iri.

Ndakamhanya kudanga kuya sezvainge zvarehwa naTakura ndokusvikokanda mari iya pamombe yainge yarehwa, ndichingodaro ndakaona mudanga muya mune mombe dzandaitoziva, mombe dziya dzakange dzatsakatika mazuva akange atsakatika hanzvadzi yangu Takura.

 Zvakandishamisa zvikuru uye ndakanzwa kurwadziwa kuti chokwadi saka vatete ava ndivo vakange vatora hanzvadzi yangu kumakura kuti vagomuita chikwambo chavo, zvose izvi ndaitozvifunga ndava kurova road ndakananga ku Mutoko centre kunokwirirwa mabhazi, ndainge ndafunga kuenda Harare kuna baba, ndaida kundoona Runya nekuudza baba zvese zvainge zvaitika kwatete Mai Lydia, ndaive nechivimbo chekuti Baba vakanzwa zvose izvi vaizonditorawo togara tose. Kubva kumba kwatete kusvika kuChiteshi chaikwirirwa mabhazi chaive chinhambwe chngaite 2 km, about 30 minutes kufamba netsoka, asi zvakanditorera nguva diki chaizvo kusvikako.

Ndaiita ndichimhanya nzira yose , nekuti dzimwe nguva ndikapfuura nepane miti kana zvikwenzi ndainzwa kutya kukuru ndaingofunga kuti pada zvimwe ndaiteerwa nevanhu vaya vainge vaoona kuti ndatiza, ndaitya kuti pamwe ndaizongoona vachibuda nemuchikwenzi. Ndaiti ndikaona vanhu vaizvifambira havo kubva kumabhawa ndovanda nemiti nezvikwenzi kutya kuzivikanwa kana kubatwa chibharo.

Ndakasvika paChiteshi paye kuma 4 dzemangwanani, nguva dziya dzinozorora kufamba varoyi. Pachiteshi apa paive pari zii, pasina kana munhu aionekwa kufamba, kusara kwechidhakwa chainge chakararadza chakavata pasi pemuhacha waivepo uyewo mapenzi aivatawo pamusika yepo. Aitondituka paakandiona achifunga kuti pamwe ndaivewo rimwe benzi riri kutsvaga pekurara.

Pamusika apa paive nemabhazi maviri ainge akapaka ipapo akamirira kuzosumuka na 5 am akananga kuGuta guru re Harare. Hapana kana munhu wandakaona mumabhazi maviri aya asi rimwe racho rainge risina kukiwa musuwo, ndakavhura zvinyoro nyoro ndokupinda ndakananga kuback seat, nechinguvana ndainge ndatozorora ndotopwititidzwa nehope apo pandakanzwa mazwi evanhu rume panze.

Hana yangu yakarova zviye zvekutya, Mazwi aya aive aDriver we Bhazi iri na Conductor er vainge voda kutanga kunyora maticket, nekukwidza vanhu vainge vachangosvikapo, asi pakati pevanhu ava ndakaona murume aiita kunge muzukuru uya wemurume wavatete Mai Lydia achitaura na conductor achinongedzera mubhazi, hana yangu yakarova sezvo ndakafunga kuti ndainge ndaonekwa, ndakange ndoti pangu zvino papera, chandakagona kuzvambarara pasi peseat refu riya rekuback seat.

Bhazi racho raive idzva aya ataiti Macopolo zvinoreva izvo kuti maseat acho aive akakura uya ane ruvara rwakasviba handaimboonekwa zvekumhanya pasi apa.

 Ndichangoti hwandei ndakanzwa mutsindo wevanhu vaviri vachipinda mubhazi vakabata matorch nekuti kwaive kuchakasviba vachivheneka vheneka, pakupedzisira umwe wavo akavheneka pandaive chaipo ndikati ndaonekwa, ndainge ndotoda kubuda hangu ndokunzwa izwi richiti, baba Vadzimai venyu havamo muno vamurikutsvaga imbotarisai pane bhazi riri panext iro, baba vaye ndokuti thanks mudhara ndazvionera ndega kungoti ndabvunza mapenzi ari apo ayo ndiwo ati aona mukadzi achipinda mubhazi renyu, maita basa mufambe zvakanaka, akadaro murume uye achitambidza driver mari mumaoko nekutooneka.

Bhazi riya rakangopinda vanhu gumi ndobva Driver ati

kuna conductor wake , shamwari ngatirove nzira vamwe vanhu tinotora panzira, tinganonoke kusvika Harare.

Varume vaviri ava vakarova nzira ndokuti fambe fambe chinhambwe chinenge 10km, ndokuwana pakamira mota nhema yainge ine varume vaviri, umwe wacho achiti aida kumbotarisa mubhazi umu uyezve aive mupurisa. Akangotaridza chitupa chebepa, murume uyu aive murume wechikuru , iniwo uku ndainge ndachakangorara pasi peseat paya asi chando chainge chondibaya pasi ipapo, kungoti bhazi iri rainge rine tapestry yecarpert mumadziro nepasi zvese, ndingadai ndakaoma nechando musi uyu. Zvadaro amupurisa vaya vakapinda mubhazi netorch vachivheneka vanhu vese vaive imomo kumeso nokushaya munhu wavaida vachibva vabuda zvavo bhazi ndokurova pasi richangoti fambe fambe ndakanzwa mutsindo kuuya kuback seat asi hapana zvandakambofungira , ndaingotiwo pada munhu arikuuyawo kuzogara kwandainge ndiri.

Nenguva isipi ndinzwe conductor vaye vakuti nechizevezeve, chibuda hako shaa, vanhu vanga vachikutsvaga vaenda, apa ndakabva ndakaziva kuti ndini chete ndairehwa, hapana mumwe.

Nenyadzi ndakabuda paya wanei ndakatarisana neuno mwanakomana wevanhu, akanwa mukaka akaguta, mukomana munaku, aive munhu wekuti ukamisa pane vamwe varume wega waingoti uyu ndo anonzi murume kwaye, kwete vaye vatinongoona vakanyorwa pazvimbuzi.

Mukomana uye akaramba akandiyeva kusvika ndabuda

nekugara pasi tiri kumashure ikoko zvedu. Aona kuti ndainge ndagara zvakanaka, ndipoakazoti
´Ini ndinonzi Simba ko iwe?
Ndakamupindurawo zvinyoronyoro zvine nyadzi mukati ndikati
´´ndinonzi Daviro. Akabvunza zvakare kuti ´´Ko une makore mangani nhai Daviro ?´ndikadavirawo kuti ndaive nemakore 14 uyezve ndakange ndave kuda kutosvitsa 15, Simba uyu akashamisika chaizvo nezvandaitaurandipo akazoti hezvo ko zvauchiri mwana mudiki nhaiwe.

Ini ndanga ndichitoti uri mukadzi mukuru, ko varume vateedzana kupinda muno vachikutsvaga ndivananai vako,unozivana navo here,ini zii hangu ndango tsikitsira musoro pasi kushaya kuziva kuti ndodavira ndichiti kudini. Ndipo Simba akazoenderera mberi nekutaura atoona kuti zvainge zvichindiremera kupindura, akati ,´´Ko chii chirikumboitika nhai Daviro? ´´Usatye hako, vakadzoka zvekare handivaudze kuti uri muno, i know you are running away, so please tell me , akadaro Simba nezwi rinyoro nyoro , uye achiratidza kuva concerned akati
´´Saka apa uri kuenda kupi, where are your parents´´?

Mubvunzo wekupedzisira wekuti, where are your parents, wakndibatabata zvikuru. Ndakangomutarisa misodzi ndokutanga kuyerera yega apo ndakamuudza kuti ndiri neherera asi ine vabereki vapenyu uyezve anambuya vangu vakafa vese vari vaviri, ndipo akazoti,
´Inga hupenyu hwakaoma, saka ndizvo wanga uchitsvagirwa here nevarume avo vapindidzana rubiri muno vachikubvunza?

Ndikati ´kwete, ivo vakuti kudii?

Iye ndokudavira kuti

´Murume wepakutanga ati uri mudzimai wake watiza mwana kumba rusvava. Asi kutaura chokwadi chiso chake handina kuvimba nacho nezvachanga chakaita panguva iyi, anga achiratidza kuva nehukasha hwakanyanya, paya patauya nekuno kumashure tichikutarisa, ndakuona hangu uripo pasi pe seat rebhazi, ndamboda kumuudza murume uyu but ndazoti pamwe ndingakuendese mumaoko emhondi, kunze hakuna kumira mushe uku mazuva ano. Vanhu vari kutsvaga mari nenzira dzakaipisisa.

Murume wechipiri ati tiri kutsvaga musikana webasa asiya aponda murungu wake webasa pamapurazi eMavhurazi ari paseri apo. Varume vose ava vanga vane mufananidzo wako, ndiwe chaiye wandaona, hapana kupokana nazvo. Pandazonyanyonyumwa ndipo pandaona murume auya pechipiri ati mupurisa, ndazviziva hangu kuti kunyepa nekuti meso ake anga ane kamutaridziro kandisina kugutsikana nako, kunge matsotsi emubhuruwayo. Saka nhai Daviro nyatsondiudza chaizvo zvirikuitika, handiti wazviona kuti ndiri kuda kukubatsira here, handisi munhu akaipa.

Panguva iyi dzanga dzatoku ma 7 dzemangwanani kunze kwatochena. Bhazi redu raiti parinomira richikwidza vamwe vanhu ndoita kunzunzutira pasi ndichihwanda, asi panguva iyi rainge ratozara.

Pakadzoka simba kubva kundokwidza vanhu bhazi razara, ndipo ndakamurondedzera nyaya yazvose zvaiitika muhupenyu hwangu kubva ndichi mudiki kusvika pazuva iri.

Ndakaita rombo rakanaka rekuti Simba aibeliever kuti zvakadaro zvinogona kuitika muhupenyu nekuti iye akazondiudzawo kuti baba vake vaive muridzi webhazi iri raaifamba naro. Vakange vashaika gore richangopfuura varohweswa nezvishiri nehama dzavo pamusana pehupfumi hwavo hwadzaida.

 Pamazuva aya Simba aivewo pa University yeZimbabwe achipedzisa Degree rake re Engineering, iyi yakange iri semester yake yekupedzisira ari pazororo rekuvharwa kwezvikoro. Chaakagona Simba panguva iyi,kundinyorera ticket achiita sendaive ndabhadhara mari yekufamba nebhazi ravo kuti ndisazonetsana nainspector webhazi pataisvika pamurehwa. Pese paiburuka Simba bhazi panzvimbo dzaizorrorerwa nevemabhazi, aiuya nezvekudya zve vanhu vatatu, kuti iye driver wake neni, ainge otogara kumashure kuya achisiya basa rake.

Driver vake vainge vakutomuseka kuti,mupfana watapirirwa nekababy ako, iye ndokuseka hake achiti,
,"ha kana mukoma, achiri mwana uyu.,,
 Driver vaye vachizviuraya havo nekuseka ndokunditi,
,"Iwe musikana ngwarira tuvapfana twemazuva ano utwu hatwuna kumira mushe unomitiswa vorova pasi , ida hako ini saimba wekuti ndogona kutokuisa pabarika,, vaviri vobva vapfipfinyika nekuseka kunge hure rapuhwa kamari.

Takazosvika kwaBhora kuma 9 am ndipo hope dzakabva dzandibatawo kusvika tisvike kuHarare. Ndakapepuka tatosvika Kumbare, musha mukuru weguta reHarare, iyi nzvimbo ndiyo yaikwirirwa mabhazi ose aienda kunzvimbo dzakasiyana siyana. Panguva iyi kunze kwainaya kuchitonhora, ini ndainge ndakapfeka stompie iya yekwatete, ndikaona kuti ndikabuda panze hayaimbotana kutota ndaizokuvara nechando. Simba akazviona hake ndokundibvunza kuti ndaiziva here kwaigara baba vangu, ndikati Hongu ndaive neaddress pa paper randaive ndakaona mudiary raive pasi pemubhedha apo ndaitsvaira mumba mekurara matete vangu mazuva ainge achangodarika. Pandakaiona dakangobvarura kachipaper kaye ndokuisa mubra, mheno kuti ndainge ndazviitireyi sekuti panguva iyi ndainge ndisati ndatombofungira kuti zvakadai zvingaitike kwandiri.

Simba akatora kachipaper kaye kandaimutambidza, ndokuti ,"Chitungwiza, haa uku ndokuziva kwaimbogara sahwira wangu akaenda kuUSA nechikoro, asi haungaende wakadai, chimira tinopaka bhazi kuGarage kwedu, tozoenda tese kumba kwenyu ndonokusiyako wava safe, asi ndinoda kutanga ndamboenda kumba kunogeza nekupfekawo mbatya dzakachena,, akadaro Simba. Ini semunhu asingazivawo nzvimbo, ndakangoti hongu ngatiite sekudaro hapana chakaipa.

Takaita sezviya zvaainge areva, tichisvika kuGarage kwababa vake ndaifunga kuti pamwe tichafamba netsoka kana kukwira kombi kuenda kumba kwavana Simba, asi handizvizvo zvakaitika. Simba aidriver mota yerudzi rweISUZU iyo akati yakange iri yababa vake yavaifamba nayo kusvika vashaye. Takaenda kumba kwavo kuya kwaaiti kunonzi kuGreencroft pedyo neku Avondale neEmerald Hill, imo muguta reHarare. Tichisvika pamba apa akanditi pinda hako umo ugezewo uchene, ndichakutambidza hembe nebhutsu zvekuchinja, ndakaita seizvozvo pasina kutya nekuti panguva iyi handina kana kuita kapfungwa kekumufungira zvakaipa, ndaingonzwa kakuvimba naye mukomana uyu , handizive nemahaka yei zvaidaro. Achipedza kunditambidza mbatya dziya, ndakamuti ,''thanks Simba; nechirungu kuratidzawo kuti ndaitaurawo nepadiki ipapo. Iye akasekerera hake oendawo kudivi kwake ega kundozviponora muviri wake.

 Ndakapinda muimba muya mekugezera. Maive mune shawa yaipfapfaidza mvura inopisa zvekuti ndakanakidzwa nekugeza musi uyu, Kaive kekutanga muhupenyu hwangu hwose kugezawo nemvura inodziya ichibuda mushower, ndaita kumira ndakaisa musana uchirohwa nemvua yakadziya, zvinekakunakidza kwazvaingita zvega panguva iyo mvura inopisa irovera paganda rangu. Izvi zvakandivaraidza kusvika ndakunzwa izwi nechepanze raiti ,''Daviro uchiri kugeza here mumba umu?
Ini ndokuseka hangu zvenyadzi ndikadavira kuti ndakutopedza, ndokugeza tsoka ndichikwesha tumaná tweparuzevha, nekupfeka mbatya dziya dzichindikwana kunge dzaive dzakatengerwa ini, neshangu dzerudzi rwenike dziri chena, nemasocks achowo mapfupi aye anohwanda mukati meshangu ari machena.

Mbatya idzi dzanga dzisiri nyowani nekuti Simba ainge ati ndedze hanzvadzi yake Chipo uyo ainge ari kuboarding school ku St. Dominics, Chishawasha ,achiita Form 4 yake ikoko. Tichipedza kugeza Simba akabika tikadya kudya kwemasikati. Pataidya akandibvunza ndaida tiende kumba kwababa vangu musi uyu here kana kuti ndaida kumbozororera rwendo tozofumobata jongwe muromo nere mangwana acho. Ndakadavira kuti dai zvaibvira anondisiyako musi mmwe chetewo, nekuti moyo wangu wainge wava kuna Runya, mwana wamai vangu. Kubva zvakaenda Runya na Baba kuHarare handina kuzombomuona kana kunzwa nezvake zvakare, ivowo baba kana kumbouyawo kuzoona kuti ndaive ndigere zvakadini natete. Zvimwe zvaindipa kuenda musi uyu, mashoo andainge ndaudzwa naTakura musi wandatiza kumba kwavatete.

Takazosara topinda mumota, asi moyo wangu wakange wave kuna Runya, ndaingoshuvira kumuona nguva dzose. Mupfungwa dzangu ndaimuona uyo mwanasikana mutsvuku nevhudzi rake natural raiungan pagodzi apa mazuva ative kwambuya chibaiso, uyezve pese paaisekerera, tumadimples twake twaibudikira mumatama umu, nehutsvuku hwainge huchinyubwira kunge madzimai emumafirimu.

Rwendo rwekubva ku Greencroft kuenda ku Chitungwiza, ndingati paida 40 minutes nemota. Taifamba tichikurukura hedu naSimba nyaya dzakasiyana siyana, achindibvunza kuti saka ndaida kuzoitei kana ndadzokera kuchikoro. Ndakanzwa kusunnunguka pana Simba ndikatanga kumucherechedzawo. Hongu ndaive ndichimwana mudiki pamakore asi handaitadzawo kuona kuti apa mwanakomana wevanhu akange atondida, neniwo ndainge ndatomuda, pamusoro pazvo nditoona sekuti ainge otononotsa kusvitsa shoko chete.

Wakamutarisa Simba aive hwendefa yerume yakanwa mukaka ikaguta, aive Mushava ne meso ake achiratidza kuva neunyoro nerudo. Runako parunotaurwa nezvarwo kazhinji kunenge kuchirehwa vanhukadzi asi apa pana Simba panguva iyi ndopaive pamusha parwo , handingagone hangu kumufananidza asi paya panonzi varume mirai apo aiwanikwawo amirepo. Mazino ake aive machena chena zvekuti akaseka murima ndofunga waitomaona. Aive nemakore 22 okuberekwa. Takazosara hedu tosvika kumba kwana Baba kuChitungwiza ndatonyura murudo kare nemujaya uyu ini ndisina kana kumbonyengwa.

Tichisvika pamba paive neaddress iya yandainge ndapa Simba takawana pachiita kunge paSurburb panogarwa nevarungu. Imba iyi yaive itsva, yairatidza kusava nemakore mashanu yavakwa. Kunze kwayo kwainge kwakadyarwa huswa hwakasvibirira uye hwakachekererwa zvakanakisisa chose, nemaruva endudzi dzakasiyana siyana aiyevedza zvikuru.

Simba achioona izvi akati ,'' Aah nhai Daviro ko inga musha wenyu wakanaka wani? Ini ndokudaviriawo ndichiti handisati ndambopasvika, ini pano, ndiri kutotanga kuto pazivao nhasi kuti ndopamba pababa vangu apa. Pamwe vanoroja havo ndakadaro ndichikanuka nemanakiro ainge akaitawo pamusha apa. Gedhi repamba apa rainge rakaiswa chain paine kabhero kekuridza kudaidza vari mukati. Ndokuridza hedu pachiba pauyawo vamwe bhudhi vaikamhina negumbo rimwe rainge pfupi rimwe rakaita kwaro vakapfeka ka vest kaya kana Bob Marley kane ruvara rwe green , yellow nered, vachinhuwa mbanje kunge dikita zvisingaite, watoirinzwa uri pano nekoko, zvikanzi ,'' tingakubatsirei nei?, ini ndokudairawo ndichiti, ndiri kutsvagawo baba vepano Dennis ndini mwanasikana wavo mukuru.

Amugadheni boyi vaye ndokuti baba vepano havana umwe mwana kunzi kwevasikana vaviri vari pano ndinoti pada marasika, asi zita ravo ndiDennis hongu, asi parizvino havapo vari kubasa vanodzoka manje manje.

Ndikatiwo kurasika handifunge kudaro ndipo pano chaipo. Ko Runyararo aripo here? Zvikanzi hoo moreva muzukuru mwana wehanzvadzi yavo Runyararo here, saka hamuna kurasika, aiwa ndipo pano, arimo mukati umu arikuita washen yevana kuseri uko, ini kanha nazvo ndikangoti handichabvunza zvakawanda ndokuit ,'' Ehe iyeye ,, zvikanzi rega ndimudaidze anouya iko zvino. Achingobva ndokuuya kamwe kasikana kainge kakaondoroka kakagerwa zuda raipenya kuti vai vai nevaseline kachimhanyira kwataiva, ndakatzoti baa atosvika pandiri musikana uya, ave kuti ,
''Sisi Daviro,, achindimhanyira, agarden boy vaye vachitivhurirawo vhurawo gedhi, Ndakamuhanyirawo ndokusviko mu mbundira, akabva ati ,'' Sisi masvika, ende matogona mauya nhasi. Dai mati nonokei maiwana ndarova pasi, mangwana chaiye ndanga ndiri kutofumira kuendeswa kwatete nababa nekuti Tete mai Lydia vaiti vanoda kuti mundione maingogara muchichema muchiti mukuda kundiona.

Akaenderera mberi achiti ndatogerwa nhasi naJimmy uyu anzi asare achindigera namainini mai Rue mukadzi wababa kuti ndicheneseke musoro vhidzi rangu hanzi ranga rakurisa, havana mari yekundirukisa.

NaSimba takangotarisana tikabva taziva kwaienda nenyaya, Simba akangoti Runya huya kumota ubatsire sisi vako kutakura mabag avo, achingosvika pamota takamubanhira mukati ndokuvhara musuwo wemota, tichipinda mukati Simba nekutorova mota. Garden boy uya Jimmy haana kutomboona kuti chii chikuitika nofunga mmanje dzainge dzakamutawo musi uyu, akatozoshama takumuti ,kana baba vauya uvataurire kuti ndatora Runya ndini Daviro. Uye uvaudze kuti ndikuzviziva zvese zvavaindirongera natete Mai Lydia.

Jimmy akangosara akati kanha kushama muromo muchiita kunge muchapinda nhunzi, hamheno kuti pakasvika varungu vake akasvikovati kudii nenhau ya Runya uyo watainge tatora zvisina mvumo.

Chitsauko 9

Simba aka driver Mota achiita seainge odzokera Harare, iniwo ndainge ndakagara naRunya kumashure, ndinotenda Mwari nekuti ndiye akandisanganidza naConductor uyu. Kutaura kuno nhasi ndingadai ndiripi?

Zvisinei ndakatarisa Runya nemeso ainzwa tsitsi, mwana wamai vangu ainge achinja. Pamwedzi mushoma iwoyo waainge auya kwababa nemudzimai wavo mukaradhi wechindau, Mai Rue.

Ndakamubvunza kuti ko nemhaka yei ainge agerwa bvudzi take rainwisa mvura kudaro, ko iko kuonda nemaronda ainge azara mumusoro?

Runya akatsanangura magarire aainge akaita pamba spa akati, ende Sisi henyu imi zvakaoma,handigone hangu kutaura zvose asi ingozivai kuti kusina amai kana kuti Kusina ambuya hakuendwe shuwa. Sisi Daviro maita basa mauya kuzonditora, Runya akadaro tumisodzi tuchitanga kuyerera pamatama, neniwo ndakatangawo kudonhedza misodzi pasina chandati ndanzwa, ndakamutarisa kudai Runya anga aonda uye hembe dzake dzainge dzisina kunatsondifadza , dzaive dzakasviba netsvina, uye ndidzo mbatya dzimwechetedzo dzaainge abva nadzo kumusha dzatainge tapihwa naDhokotera Elizabeth zvavainge vabva kuItaly kare paya, tichiri kugara nambuya Chibaiso.

Runya ainge asingambotaridzike sekunge munhu ainge ogarawo kuchirungu aitenge aive nezvaimunetsawo hake

mwana wamai vangu.   Akazoenderera mberi zvikanzi,"
Ah imi zvenyu Sisi Davi,paya pandakauya na baba naTete
mai Manuere. Munzira mose vaitotaura neni zvakanaka
vachindiudza kuti mberi kwandaienda ndaizondogara
nekuchengetwa zvakanaka asi ndakazoshamisika tisati
tsvika murwendo rwedu vaviri avav vave kutukana.

Baba vaifungidzira kutit Tete mai Manuere vachanditora
toenda   tese   kwavo   Kumabvuku   uko,   asi   tave
maMurehwa Tete vakafonerwa nemurume wavo Baba
vaManuere, kuti vakangouya neni chete kumba kwavo,
ivo vaibva vatorambwawo nekuti Babamukur baba
vaManuewere vaiti hunhu hwaBaba vangu vaisahufarira
kunyngwe zvazvo vaive Tezvara nemukuwasha.

Babamukuru vaiti munhu ngaazigarire nevana vake
kwete kuda kutakudza vamwe mutoro.   Zvino vakazoita
zvekumanikidzira kuuya neni kuno nekuti vakange vasina
kwekundiisa. Vakamboedza kudzimwe hama dzese
nemadzisahwira avo asi vose vaingoramba.

Vaitya mukadzi wavo zvisingaite, havana kumboudza Mai
Rue mudzimai wavo kuti ndini ani, vakatomunyepera kuti
ndaive mwana wehandzvadzi yavo aive akashaika.
Mukadzi wavo haana kumboita nharo nazvo kunyangwe
zvazvo aitondiziva hake kubva kare.

Akaudza baba kuti vasaudze vanhu kuti ndiri mwana
wavo wekare nekuti zvaizomunyadzisa mumaraini sezvo
vaizivikanwa nekurarama upenyu hwepamusorosoro
uyezve   zvaisomunyadzisa kuti akange akaroorwa
nemurume ane vana kare,kunyanya, mwana aive
akaenzena newavo mudiki kunyangwe zvazvo ivo

vaivewo mvana ine mwana wayo pavakawanikwa.

Mukadzi waBaba akange avaudza kuti mukabvunzwa nevanhu nezvangu ingovatii muzukuru mwana we hanzvadzi yangu yakashaika kumusha sezvamandiiudza imi, pakutanga. Ipapo aitotaura achirowa chikuwe kuseka achitofamba kuenda. saka vanhu vese vemuraini medu vanongondizivawo semuzukuru wepano. Runya akazoenderera mberi achiti vose vari vaviri ndaitovafanirwa kuvadanidza ndichiti Ambuya nasekuru.

Runya akti ," Zvenyu imi Sisi Daviro, izvi zvaitondiremera kudevedza baba vangu kuti Sekuru senge handzvadzi yamai vangu, aah, ko ivo mainini kuvati mbuya vaitodavira nemufaro kunge zvinhu kwazvo.

Pakamboita karunyararo apedza kutaura, ndakaona hangu kuti misodzi yake yainge yave pedo ave kuda kuchema ndikati rega ndimbomusiya ambodzora ndangariro, ndipo ndakazoti ′kuchikoro kuri sei nhai Runya, ndiwe ka wakatanga chikoro chepaHarare chisiri chepedu pamanyunyu paMission, kuri kunakidza here kuchikoro? Runya akatiskiria musoro pasi ndokudavira achiti,
"aah sisi Davi chikoro chipi futi? Handisi kuenda kuchikoro ini. Ndakamubvunza nemhaka yei, iye ndokuti
"zvenyu Sisi Davi, mazuva ekuvhurwa kwezvikoro paakasvika ndakavabvunza vose vari vaviri Baba namainini. Ndakatanga nekubvunza ivo mainini kuti ko zvikoro zvazvakuda kuvhurwa makandiwanirawo nzvimbo here, vakanditi ugobvunza Sekuru vako manheru vabva kubasa nekuti ndivo vanoona nezvewelfare yako pano , ini handisi mai vako. Ivowo

baba vachisvika manheru,ndakavabvunza zvimwezvo vakandidavira kuti enda undokumbira mbuya vako vari kubika kukitchen uko, ndivo mudzimai wepano pamusha.

 Mainini mai Rue vachinzwa izvi vakamera zenze vakati no school from me nekuti havana mari yekubhadharira **mwana wehure chikoro**, uyezve vakati kana ndichida kugara pamba pavo zvisina mutauro ndaitofanira kushanda nesimba Ndini ndainge ndatove musikana wavo webasa, ndaifanira kutenda moyo wavo wakanaka nekuti vainge vandibvumira kugara pamba pavo zvisina bongozozo.

Vainge vati mazuva ano hapana chemahara, zvinhu zvaidhura, chemahara mushana nemvura inonaya kubva kudenga, saka Sisi ini ndaitoita basa hangu rekusara ndichisuka,kuwacha kuaina matya dzavo vose nekubika, nedzimwe nguva kungogadzirisawo mumba zvinenge zvisina kumira mushe.

Pakauya vaenzi vaMainini ndaifanira kugara muspare room mandairara kusvika vaenda vose. Hapana aifanira kundiona, ndikangoonekwa chete ndaisara ndichipondwa, iwo mavanga amurikuoona akazara mumuviri mangu aya, ishamhu yemunzwa yandairohweswa, vaindituma kuMayambara kudhamu uko kunozvitsvagira shamhu yangu ndega, hutsinye hwakadii ihwohwo Sisi, ndaiti ndikauya neshamhu diki vaindirova nehose pipe yaigara muchimbuzi chehuku, ndaitoona hangu kuzvitemera shamhu ine minzwa kuri nani nekuti ndaisara ndiri mupenyu.

Akanditarisa kumeso akati dzimwe nguva vaindirova

mumusoro ndakapfugama pasi ndosaka maona maronda ari musoro mangu umu nekuti ndinenege ndakanganwa Mop kana mutsvairo panze wonaiwa.

Vana vavo Ruth na Precious vanoita weti husiku, saka ibasa rangu zuva rega rega kubva kuspare room kwandairara kundovamutsa mumarooms avo pakati pehusiku kuti vaite weti mukagaba ndogonorasa kutoilet ndega imo murima imomo, vana iavavo vakangomuka vakaitira weti mumagumbeze chete, ndairohwa zvisingaote nekuwachiswa magumbeze acho nekuti vanoti, imhosva yangu uyezve ibasa rangu, ndofanira kuriita nemazvo. Mukupedzisira Runyararo akati, musatye henyu ndatojaira ini Sisi, handichatombotye kana shamu.

Akaenderera mberi achiti, iro sadza chairo ramaiona ndichirasa nekudadira kwaMbuya Chibaiso, ndainge ndotorisuwa nekuti ndaingodyawo rinenge rasiwa nevamwe pano, handibvumidzwe kugara patable kana kubika ndega, dzimwe nguva ndinotoswera nenzara chingwa chapera, ana Rue vanodzidza kuma Private school saka vanotopihwa pocket money.

Ini ndinongoswera hangu naJimmy uyu garden boy wedu wepano; uya mukomana aneRasta akuvhurira gedhi pamasvika ndiye Jimmy wacho. Ndiye anombondipawo chikafu kana abika, anoputa mbanje saka anobika chisadza chakaomarara nemaveg emugarden everyday anototyawo kuonekwa achitaura neni nekuti basa ringazopera, akadzokereswa kumusha kwake kuBocha kure kure, ndikowo kunobva Mai Rue.

Mumwe musi Jimmy uyu akapihwa mari namainini mai Rue kuti andibate chibharo, vaida kuti ndiite mimba, sekuti vaiziva kuti ndainge ndatanga kuenda kumwedzi, saka vaitoziva mazuva ekuti Jimmy andibate, ndigoita mimba kuti vaone kundidzinga pamba pavo, asi Jimmy aive nemoyo wakanaka, akange atambira mari iya ndokuyepera kundibata husiku achifumovaratidza bhurukwa rainge rizere ropa rehuku dzataipfuya pamba pedu. Izvi aitaura kuti zvakange zvisina kana svondo zvabva mukuitika.

Panguva yaitaura Runya nyaya dzake ini misodzi yangu yaingodonha yega nekurwadziwa, uyuwo Simba tainge tatokanganwa kuti aivemo mumota umu. Ndakangodzwa kupfipfidza munhu achichema mumota mberi kwedu, ndipo ndakaziva kuti kana naiyewo ainge abaiwa panyama nhete nezvaainzwa zvichitaurwa naRue.

Takamboita kanguva kekuchema, Simba achienderea mberi nerwendo rwekwataisaziva tose tiri vatatatu. Ndipo ndakazonzwa Runya ave kuti, ''ko imi Sisi, hamuna kumbochinja mufunge mungori zvamaingova kare: Ende makachena, mune hembe nyowani, inga zvenyu vasikana, ende jean rakakufitai iri, motondipawo kana ndave kukwakwana. Apa aiita kurudunura mibvunzo yakawanda zvisina magumo, mhedzisiro ndipo pa akazoti, '' ko Tete vakadini havo? Paakangoti Tete, hana yangu yakti bamu kurova zvine simba nekuti ndakabva ndayeuchidzwa zvainge zvaitika muzuva richangopfuura, ndokutanga kuchema ndichitadza kumupindura mwana.

 Runya ndokutanga kuchemawo pasina audza mumwe zvaari kuchema, kwakapera kachinguvana tichingosvimha nekunyaradzana , uyuwo Simba ainge ari zii ariko hake mberi achiteerera.

Pava paya Runya ndokuzoti ko uyo ari mberi, mukomana wenyu here nhai Sisi ? Apa aitaura achinongedzera kuna Simba. Ndisati ndambowana mukana wekuti ndipindure akabva aendera mberi achiti, ende akanaka zvekuti plus akachena, ende akunhuwirira, inga vamwe vedu mune choice. Makamuwana kupi iye munaku uyu?   Kuti ndipindure ndakatadza nekuti nyadzi dzainge dzondikurira, handina kumbofungira kuti Runya angandibvunze mashoko aya panguva iyi. Kuti ndidavire futi pamusoro pacho hazvaigoneka nekuti kutaura chokwadi Simba ndainge ndatomuda asina kumbondinyenga. Iyewo Simba airatidza kuti anondida asi aiita seanotya kutaura.

Ndakazongovhunduka ndakunzwa Simba achiseka chikwee ari ega mberi ikoko; achiti aiwa Runya wakachenjeresa, bhora pasi. Iniwo ndakange ndongozviunganidza pakaseat kandaive shure ikoko, ndave kungonyara nyara.

Simba ndiye akatozodavira atoona kunge zvainge zvandiremerawo, akati kuna Runya,
"Aiwa Runya ndingori shamwari yaSisi vako ava chete, handisi mukomana wavo ini, vachiiri vadiki ava, vane 14 years, zvinozondisungisa nekuti hazvibvumidzwe nemutemo wemunyika yeduyeZimbabwe kudanana nemwana mudiki.

Apa akadaro achinditswinyira kaziso achienderera mberi nekudriver.   Runya kakarova chikwee zvikanzi aah,nhema dzako ndazviona muchitswinyirana maziso imi, munodanana chete, hehehde….. Ipapo kaideedzera kachiseka, ini handina hangu kudaira, ndainge ndakamuyeva mwana wamai vangu achiratidza kufara nekusununguka, ndakaedza kufunga marwadzo ese aizivikanwa naye pazera rake re makore gumi iroro.

 Sezvinei takazoti fambei chinhambwe ndokuona tiri muna Seke Road asi tave kutoda kupinda muHatfield padhuze ne paMaruta shops. Apa ndipo patakaona senge paive nemota yainge ichiti tevera mumashure. Nekutya Simba akati ngatimbomirai pano titenge zvekudya, pane vanhu vakawanda kana vanhu avo vari mumota iyo, vari kutitevera hapana zvavangambotiita pazere vanhu pakadai.

 Ndiye paya tapaka mota iya paMaruta shops, mota yaititevera yakabva yasvikawo ndokuparker padivi pedu chop chop, zviya zvinoitwa nemapurisa emumamovie kusvika vachimisa mota kuti tsvii; isati yanatso mira vanhu vanenge vatoiunganira kare, ndokumhanyira pataive tichangomisa mota nekuvhura madoor kumativi ose ndokusvikoti blaz buda mumota timbotaura, apa vaitaura vachibudisa zvitambi zvechipurisa.

 Siba akaburuka , ini naRunya tose takaramba tigere mumota, ndipo takanzwa zvavo kunzib''Blaz mota yako iyi yareportwa kustation kwedu 30 min ago nemunhu afona achiti abirwa mota uyezve ati iye matsotsi acho arikudriver muna Seke Road.

Simba akati kwete Shefu ndofunga maita mistake, iyi imota yangu yandatova negore ndichifamba nayo, ndeyenhaka, yaive yababa vangu vakashaika gore rapera, asi ivo Baba vainge vakaisiirwa nemuIndia aive Business partner wavo makore gumi achangopfuura apo ainge odzokera kunyika kwake kuIndia.

Mapurisa aya akangotarisana nekuti vainge votoona kuti vainge vafambira dhongi rakaora, mheno munhu aida kutamba nenguva yavo, asi umwe wavo akabva ati, 'mupfana wati mota ndeyako here iyi? Simba ndokudavira kuti hongu 'shefu' ndokunzi, unemapaper acho here? iye ndokuti aiwa handina asi ari kumba, zvikanzi saka manje tozviziva sei kuti ndeyako? Ndimi vapfana vemazuvaano vari kuHijaker dzimota mumaSurburb ka imi, tinokuzivai vana vadiki kuda zvinhu! Akadaro hake mumwe wemapurisa aye, ini ndainzwa zvose ndiri kumashure, ndakangoerekana ndati nhai amupurisa, hapana chinonetsa apa, handiti muri pabasa, ko madii taenda tose kumba kwacho tanokuratidzai mapaper emota?

Mapurisa aye akashamisika kunzwa izwi rechikadzi richitaura kumashure kwemota nekuti vainge vasina kumbotiona, ndokuti ,"Hezvo mutori nevanhukadzi mumota umu? Budai mese tikuonei, tichibuda vose vainge vakatitarisa, ndokuti mupfana wakachenjeresa iwe, saka unotoba hako dzimota dzevanhu une vanhukadzi kuti usafungirwe. Vakachibvunza Simba kuti ava ndivanani, iye akati ihanzvadzi dzangu, asi vakaramba kuzibvuma nenyaya Ya Runya neni tainge takatsvuka maziso mushure mekumbenge tange tichichema nhamo dzedu dzeshure.

Mapurisa aye akaendera mberi ndokuti ko mwana ari

kuchemei uy? Takamboda kuti pano pano asi mhedzisiro takazotaura chokwadi sezvachiri nekuti zvidhakwa zvese zve paMaruta zvainge zvakatiunganira zvichida kuzivawo nyaya yainge yaitika mungozivawo kuti zvidhakwa hazvina magumo, zvinogona kungoita yese yese iri kutambika pnguva iyoyo. zvainge zvakatogadzirira kurova Simba zvichifungidzira kuti pada ainge atiba, achida kunotichekeresa.

Sevineiwo nyaya yatainge tavapira, Mapurisa aye panyaya yezvekushungurdzwa kwaRunya vakaibvuma, asi yangu nyaya vakatoiseka havo vakati, we dont believe in superstitions but facts vapfana. Umwe wavo ndiye akazoti but iwe mupfana une zvivindi, ko dai wauurayiwa mukuedza kubatsira vasikana ava, waizowanei pazviri, umwe ndiye akazodavira kuti aah hausi kuona here kuti mukomana uyu atorwa moyo nemuhombe wacho uyo, boys tokuzivai, hamungoiti tunhu twenyu zvisina mubhadharo, unenge wanga uchida kuzotsotsa mwana wevanhu Stonyeni pamberi apo chete iwe. But thanks wabatsira vana ava, asi from now we are taking over tavekukusungunura, Vana ava vave mumaoko ehurumende, mutemo wenyika unotikurudzira kuendesa vana ava kunzvimbo yakachengetedzeka.

Simba akamboda kuita nharo, asi chekuita pakange pasina. Just like, that takange tatotorwa taoendwa nesu nemapurisa aye. Simba takangomusiyawo akamira paMaruta nemota yake achiratidza kusuruwara kukuru, tati fambei mumota yemapurisa aye, tese tingori zii.

 Runya ndiye akazoti papera chinguva kumapurisa maviri aye, ko tiri kuenda kupi ? Ndokunzwa zvonzi nemapurisa aye, dont worry girls tosvika manje manje, we are taking you to a good and safe place where you belong.

Hana yangu yakabva yarova zviya zvekutya ndichifunga mapurisa aye efake ainge amisa bhazi ndichibva kwaMutoko, ndakatanga kunzwa mudumbu, ndaingozvivhunza ndega nechemumoyo kuti, ko vanhu ava mapurisa chaiwo here, uyuwo Runya ndakazviona kuti rainge riri rima haro ainge asina basa nezvizhinji, aitobvunza kuti tinosvika riini.

Ndakazoona tave kupinzwa nemuroad kudzimba dziya dzemayard dzinogara vachena, nevamwe vatema vane mari dzavowo, ndikati zvino tavakuzonopondwa pano. Kuti ndiudze Runya ndakatya kuti aizovhunduka ndikabatwa kuti ndazviziva zvaiitika.

 Ndakambofunga kuda kusvetuka mumota iye asi ndakafuga kuti zvozondibatsirei ini ndasiya mwana ega, rega ndingogare tinonofa tose. Pati perei kachinguva ndakaoona tasvika pane rimwe gedhe guru kwazvo paine maSecurity Guard akandosvikovhura gedhi riya achimhanyidzana ndokuti maswera sei Shefu, madzoka zvekare, pindai henyu nemufaro.

Vamu Guard vaye vekumhanyira kunovhura gedhi ndivo vaitaura nemapurisa aya, vakanongedzera neruoko kwaifanira kuenda nemota. Ndakaziva kuti pano ndopakange paperera sarungano,asi ndainge ndazvipira kuti ndaizoedza napose pandaikwanisa kurwisa varume ava paimira mota ndotiza naRunya. Mukati megedhi muya matainge tapinda, mainge muzere miti yendudzi nendudzi, uye tai driver tichiita setaikwira pachikomo.

Takazoerekana tasvika asi patainopaka mota, ndakaona pane tumwe tuvana tungangosvika 15, twemuzera wakasiyana siyana uye ndudzi dzakasiyana siyana, maindia, machina, varungu, nemakaradhi. Tuvana utwu twainge tuchimhanyira kumota iya tuchifara zvikuru, ndakatoshamiswa nazvo asi moyo wangu wakatanga kunzwa kusununguka, mota yakamiswa ndokuburuka ini ndaive ndakangobata ruoko rwaRunya ndisingade kumusiya, ndaive ndakatogadzirira kurova bara asi nekuona vana vaya ndakati rega ndimbomira ndione zviri kuitika ndichiti chauya chauya.

Tuvana tuya twakamhanyira mapurisa maviri aye kunovambundira nemufaro mukuru zvichinzi '' Sergent Macheka naSergent Sanyoka, madzoka zvekare kuzotiona nhasi '' Twana tuya twaifara zvikuru twakavakomberedza zvekuti painge pasina kana nzira yekuti vafambe nayo, isu naRunya tainge zvino tave kucherechedza nzvimbo yainge yakatitenderedza.

 Waiva uno musha mukuru kuita sedouble storey house asi zvakapetwa kashanu, musha uyu wainge wakapendwa nependi yewhite uye paiva pakatenderedzwa nehuswa hwaive hwakasvibirira nemaruva aiyevedza nemiti yemichero yakasiyana siyana, imwe yandainge ndisati ndamboona muupenyu hwangu, tuvana twese utwu twainge twakashambidzika ende tuzhinji twacho twaitetena chirungu chinomwisa mvura.

 Ndakatofunga kuti zvimwe ndaive ndatove kune imwe nyika isiri Zimbabwe. Ndakambo zvitswinya ndichifunga kuti zvimwe ndairota kana kuti ndafa, uyezve ndainge ndaenda kudenga asi ka,Runya aive padivi pangu, kuti tainge tafe tose here?

Ndichiri kuremerwa nepfungwa dzangu ndakazoerekana ndonzwa Mapurisa aye, ayo andainge ndakuziva sa Sergent Macheka na Sergent Sanyoka vave kuti ,''Daviro huya kuno na Runya uyo handiti mazita aya amatiudza ndiwo enyu chaiwo asiri enhema, ini ndokuti
'hongu, ndiwo mazita edu chaiwo, asi hatina mabirth Certificate nekuti akasara kumba kwaMbuya vedu Chibaiso. Takavataurirawo kuti ambuya vedu ava vainge vakashaika munguva pfupi ichangopfuura saka kumba kwavo hakuchisina munhu uyezve tarisiro yekumawana painge pasina. Ndopazvakanzi aiwa hazvina basa kana musina mapaper, chakakosha ndechekuti makanyoreswa kwamudzviti, zvese tozviwana muComputer kwaRegistrar General. Takapinzwa mumba muya maive Nehofisi pasi, muhofisi umu takawana muinwe Vamwe Sister Vechichena vechikaturike, ava Sister takazoziva kuti vaibva kuHolland, asi vainge vave nenguva refu vari muno mu zimbabwe vachitungungamirira nzvimbo iyi.

Takatozoziva pava paye kuti pataive paive paChildrens Home, Painzi pa St. Michaels, uye paive nevana vaive nehuwandu hungasvika ku 50 vemuzera re 1 month kusvika ku 19 years , vazhinji vavo dzaive nherera, kozoitawo vamwe vaimbenge vari mastreet kids nesuwo hedu, taive nherera dzaive nevabereki vapenyu, takasvikowedzera huwandu hwevana vepamba apa.

Sergent Macheka, Na Sanyoka vakakurukurirana na Sister vaye ndokunyora pamapaper vachisiya vasigner ndokuti kwatiri vasati vaenda for now pano ndopamuchange muchigara kusvika tainvestigater nyaya yenyu, musare zvakanaka, tichapota tichiuya kuzokuonai, ndokuenda kwavakaita isuwo tichisiiwa pamusha mukuru uyu. Aiwa taive takagara zvakanaka.

Paive nemasister emarudzi ose aibva kunyika dzakasiyana siyana, uye taibatwa zvakanaka, taitoita kunge vana vane vabereki, ini naRunya takaiswa muroom imwechete kuti ndipote ndichimutarisa nekumuzora mushonga maronda aive musoro, kuchikoro takange takutoendawo nevamwe. Mabirth edu ainge awanikwa kumba kwambuya Chibaiso naDoktor Elizabeth pavaibatsirana neshamwari dzambuya Chibaiso kugadzira pamusha painge pave dongo, uye mapurisa aye maviri ndiwo akange afona kwaMutoko vachida kunzwa kuti nyaya yatainge tavaudza yaive yechokwadi here, tainge tavataurira nezvaChiremba ava, avo vakakwanisa kutsinhira zvose izvi, uyewo vakafara kunzwa kuti tainge tave panzvimbo pakanaka.

Hupenyu hwakatanga kuchinja mwedzi wakave gore; gore rikave makore matatu, ini ndainge ndato Form 3 ndakudzida kuMt. Pleasent High, uyuwo Runya grade 7 kuAvondale primary kwaidzidzawo dzimwe nherera dzemuzera wake. Hupenyu hwedu hwainge hwachinja zvikuru, ini ndairova chikoro,kana Runya ainge akugona nemhaka yekuwana mukana wekuverenga pamba pane magetsi mazuva ose, kusvondo, taiendawo ipapo nevamwe vose, paive nesvondo yeRoma. Takange tatopihwa kanzvimbo kedu naRunya Kugarden rekusvondo kwatairima madomasi muriwo nechibage sezvo taifarira kurima, ndoyaive hobby yedu patainge tiri Free. Aiwa mwari vainge vatigonera.

Chitsauko 9

Rakazoti rave gore rechina tiri pamusha wenherera uyu, ndichitanga form 4, uyuwo Runya achitanga form 1, takati rimwe zuva tichibva kuchikoro ndokusvika kumba wanei takatomirirwa negumbo rimwe.

Takasvikonzi, Daviro naRunya huyai Kuoffice kwaSister Gabriel, murikudiwa mose naSister. Tichipinda muhofisi muya, Sister vaya ndokuvhara musuwo ini simudzei musoro, haiwa mberi kwedu kwaive kugere murume wandainyatsoziva chaizvo, murume uyu handife ndakamukanganwa upenyu hwangu hwose, aive akapfeka Uniform yake yehusoja yaaigara nayo nguva zvinji pese pandaimuonera.

 Murume uyu ndiye ainge andibanha neshangu yakaita kuti ndipotse ndaona vadzimu vangu gore riya, hana yangu yakati ba kurova nekuti ndaitoziva ndega kuti, kuwanikwa kwemurume uyu panzvimbo iyi hakwaireva zvisvinu, midzimu yainge yadambura mbereko. Murume uyu ndainzwa kumuvenga kusina magumo mukati mehupenyu hwangu, ndakazvibvunza ndoga nechemumoyo kuti, ''nhai Daviro ndiBaba vako ka ava, ko vainge vasvika pano sei. Zvakandinetsa kuziva kuti ko Baba vangu vainge vatiwana sei, ndakabata Runya ruoko, kana iyewo ndainge ndatozviona kuti ainge obatwa nekutya kukuru.

Sezvineiwo hana yakadzikamira patakaona mudzimai ainge agere padivi pababa achisekerera akapfeka nhumbi dzepamusoro achinhuwiria mari. Mudzimai uyu aive mutsvuku tsvuku uye aive netumadimples mumatama umu, uyezve ndakamutarisa ndaiona kuti ainge akafanana naRunya zvisingaite, asi handina hangu kuda kufungira zvakawanda.

 Takazonzwa pava paye kuti Baba vainge vaiuya nemudzimai uyu uyo watakazoziva kuti ndivo mai vedu vekutibereka avo vainge vatisiya tiri vadiki. zvainzi izvo vaviri ava vainge va tsvagana vakabva vadzokerana uye vave kutogara vose, uye mheno nyaya yavainge vataura kuMaSister zvekuti vainge vatopihwa mvumo yekutitora vachienda nesu isu tisina kumbobvunzwa kuti taida here sezvo vaive ivo maBiological parents edu, uyewo vainge varatidza umbowo hwekuti vose vari vaviri vaishanda uye pekugara pedu pakasungunuka vaive napo zvaikurudzirwa nemutemo munhu kuti utore mwana wako anenge ave muaoko ehurumende. Moyo wangu wakanzwa kurwadza kukuru ndichinzwa izvi, ndakaramba kuzvitambira asi chekuita pakange pasina, ndakabvuma hangu kundorongedza nhumbi dzangu nedzaRunya. Panguva yose iyi amai vaya vaingoti ii vana vangu, ende makura kudai, ndanga ndakusuwai, ndafara kukuonai uye kuti tave kuzondogara upenyu hutsva tiri tose semhuri, amai ava vaitotaridza kuti vainge vakazvitakura, mimba yaitenge yave kuma 4 months. Asi pamaitiro avaiita vaive nekamwe kakuvhengedzera kaive pavari kandisina kunzwisisa, kamwe kakungwarisa kaive kakadarikidza kandaisafarira. Vainge vachitoita kunge ndaizivana navo kare.

Ndiwo mabviro atakaita Pa St. Michaels Childrens Home, takananga kuneumwe upenyu hutsva, kumaziva ndodzoka. Ko taigotyei hedu sevanhu vaienda kundogara nevabereki vavo. Ndakaona kuti chiso chaRunya chainge chasungunuka, asi ini semunhu ainge ati samhukei akange asangana nezvakawanda muhupenyu ndaingove nekakunyumwa uye kakusavimba nevaviri ava, pane zvaingondiudza kuti zvinhu hazvina kumira mushe, muhana mangu maingondiudza kuti pano, pane zvirikuitika, inguva chete tichazozviona.

Musi watabva pa St. Michaels Children's home ndiwo wakave musi wekupedzisira wekuziva mufaro kwawomukati mehupenyu hwangu naRunya. Zuva iri takatakurwa tikaendwa nesu kuChitungwiza paimba paye patainge tambotiza.

Tichisvika pamba paye, baba ndokuburuka voga vachinozvivhurira vega gedhi ravo remota, ndakashama kuti ko amugadheni boy vaye vainge vakapfeka vest rechiRasta pamazuva andakatora Runya vainge vaendepi. Ndivoka vaifanira kumhanya mhanya vachivhurira Shefu gedhe semazuva ose na Runya takangotarisana pasina aitaura. Ndakazongoti pamwe Rasta vainge vaenda kuoff sezvo chaive chishanu kudai.

Tichipinda mumba tose naRunya takashamisika zvikuru nekuti mairatidza kuti makange musina munhu uye kana Furniture mainge musina, dzimba dzose dzainge dzingori empty, kusara kwemukitchen mainge mune fitted kitchen nemakitchen chairs ainzi naRunya machair aya manyowani handina kumbovira ndakamaona. Waiti ukaseka kana kutaura, Imba yose yaaita mauungira neruzha sekuti maive musina mudziyo.

Takapihwa imba , tikanzi umu ndomumba mevasikana

isai zvinhu zvenyu imomo mufanozorora, tozokudaidzai nguva yekudya, tendererai henyu pamusha muchipaona mupadzidze. Ava amai vainge vakangogara vachitaridza kusava nekusun#unguka kuita sevairemerwa nekuva panzvimbo iyi, zvinova zvakatinetsawo sevana, kusekerera kwese kuye kwavainge vachiita muoffice maSister vakuru vepachildrens home kwainge kwapera, vainge vangosuruwara pasina zvavaitaura.

Baba vakaendawo nesu musi uyu kunodya zvechirungu vakanotiigira Chicken inn nemadrinks tikadya nemufaro nekunzi chiendai mundorara mu spare room yenyu tokuonai mangwana.

Takaonekawo sevana vane tsika, kuti good night Mummy and Daddy, ivo ndokutiwo good night nekutotipawo good night hug. Ndowakave musi wekutanga nekupedzisa kumbundirwawo zvine rudo nevabereki vedu chaivo, as musi uyu zvakatipa mufaro wakapetwa kagumi, takaenda tikarara hedu asi ini ndaive nemubvunzo mizhinji kwazvo mupfungwa dzangu ndainge ndakangozvinyarariwo hangu semwana mudiki uyezve ndaisada kuti Runya azvizive sezvo aisaratidza kusununguka pamba apa.

Taenda kunorara tichangoti gare gare, ndokunzwa yave zhowe zhowe mukitchen, tikamanya kuti tindoona kuti ko chave chii chainge choiitika, tichisvika takaona mai zvino vainge vakagarirwa musoro nababa, kungotiona kwavakaita vakabva vavasiya ndokuti ," Madaidzwa nani he? Dzokerai muroom menyu kunorara ikozvino, ava mai vachibva vada kutiza ndokubva varohwa mushangu kunzi buda muno unondisemesa, usaende kuvana vangu unovadzidzisa chihure handidi kukunzwa uchitaura navo. isu nekutya takabuda mo tiri speed ndokundozvivharira muroom muya maive ne base yedouble bed isina matress nefixed wardrobe ndokuzvifukidza magumbeze. Mumba umu makandishamisa kuti nemhaka yei mainge muri empty kudaro, maive makatopendwawo zvakananaka uye maitoratidza kuti maitsvairwa.

Ndakazvibvunza mibvunzo isina aipindura kuit saka aya ndomagariro aiita baba namai here nguva yese iyi, ko mainini Mai Rue mukaradhi wavo vakange vaendepi?

 Ndakabvunza Runya kuti ndomagarire here aainge akaita paaiva pano, akati kwete, imba yose iyi yainge yakazara nemidziyo yemumba yechizvino zvino, uye maiva makanaka zvekuti mumba mose, hamenhowo kuti chii chakange chazoitika mushureiye asisipo. Zvisinei takangorongedza mbatya dzedu muwardrobe muya tiri zii, ndokurara tigere nekutya kunzwa rimwe zhowe zhowe zvekare.

 Rechimangwana mai vakazotitora vachindotitsvagira nzvimbo yechikoro itsva pedyo nepataigara, sezvo ku Mt. Pleasant kwaive kure, tose takawanirwa nzvimbo pedyo nepamba asi chikoro chacho chainge chisingadzidzwe zvandaifarira, mateacher aingorovhawo, zvokuti dai pasina kuti naRunya tainge takajaira kuzviverengera taitofoira chete

Takagara murunyararo kwemwedzi mitatu pamusha apa zvinhu zvichiendeka asi waingoona wega kuti waitofanira kujaira zviripo, rudo pakati pababa namai pakange pasitorina, zvainge zvisi zvekuvigirana.

Amai vaigara vangori nemavanga ataisaona kwaaibva, nyaya nesu vakange vasina sezvo vairambidzwa nababa kutaura nesu, vaitenge musikana wedu webasa, vaitotya kuwanikwa vakamira pedyo nesu.

Isu hedu hazvina kutiremera sezvo tainge takurawo tisinavo, asi ndaingorwadziwa kuona vachishupika kudaro, vaitoratidzawo kuti vaidawo kutaura nesu vana vavo asi vachishaiwa mukana.

Kuzoti mwedzi wechina wasvika tiri pamaba pevabereki vedu, chiri Chishanu, Baba vakaoneka vachiti vachamboshanya kumadzisahwira avo ebhuruwayo avaiziva ivo voga asi vodzoka havo ne Svondo. Vakasiya vayambira amai kuti vakangotaura zvisizvo chete kunesu hokoyo, ivowo Baba vainge vaiita kuti tione amai vedu semunhu asina basa uye kuti tishaye hanya navo. Vachipedza kutirongera zvavaida kuti zviitwe vasipo vakaoneka, tikasara pamusha namai, uyu ndiwo musi watakazoziva zvizhinji zvepamusha apa.

Mai vakauya pataive tigere ndokuti tsanangurira kuti vakange vaisngabvumirwe kutaura nesu.

Chavo vaingofanira kutibikira nekuwacha kusvika tapedza chikoro vozotisiya voenda havo kumusha kwavo. Kutaura kwavo vaiti ivo baba vakange vatizwa nemukadzi wavo Mai Rue pavainge vaendeswa kuDRC nebasa ravo rechisoja.

Baba vedu vanonzi vakaita gore rese variko vachitumira mukadzi wavo uya mari yose yavaiwana nekuronga zveupenyu. Mukuzodzoka kwavo vakawana munhu wakandiisa kupi, iye nevana vake, uye imba yakatutwa zvinhu zvose zvaitakurika kusara kwemafixed cupboards aive mumba umu chete, Mari yose yaive muAccount mavo vari vaviri, mukadzi uyu ainge atora yose uyezve nekutotora chikwereti ku Bank reCabs chakakura. Pamusoro Pazvo ainge akanyoresa nezita rababa vedu pachikwereti chaainge atora sezvo vaviri ava vaive nemuchato. Baba vedu ndivo vaitofanirwa kuzobhadhara chikwereti ichi.

Amai vakati zvainzi nevavakidzani vedu, mukadzi wababa, uyu mai Rue, ainge ave nepamwe pamuviri pasiri pababa paifungirwa kuti ndepaJimmy, Garden boy uya akambogarapo, uyu Rasta wekunhuwa dikita kana muchiri kumuyeuka. Vakaziva zvekare kuti Jimmy uyu akambodanana Namai Rue vachimukomana nemusikana. Ndiyezve akange ari Baba vaRue, zvakange zvisingazivikanwe nababa. Akange aunzwa naivo MaiRue kubva Bocha kumusha kwavo, vachiti ivo agobatsira pamba pavo kugadzira mugarden nemaruva kuti pamba pataridzike vachitomutambirisa mari kupera kwemwedzi wega wega.

Vaviri ava pamazuva aya vaiita sevasingazivane uyezve vaipota vachipisa rudo apo baba vainge vasipo. Vainge vachifungidzira kuti sezvo baba vainge vaenda kuHondo havaizodzoka vari vapenyu. Pavakaziva kuti baba vakange vava kudzoka kubva kuDRC vakabva varova pasi.

Mari yavaive nayo yaitokwanisa kundotenga imwe imba kure kusingazivikanwe. Ndiko kwakave kuparara kweimba yaBaba vangu zvinova zvakavarwadza zvikuru. Vaifunga kuti gore rose ravainge vapedza vari kuDRC kuhondo vachipotswa nezvimbambaira vachiunganidza mazi mari ekuti vazondotengawo imba kuBorrodale naadzimai vavo. Marwadzo aya ndiwo akazovapa kusavimba nemunhukadzi zvakare mukati meuupenyu hwavo. Ivo mai vakatitaurira kuti vakange vauya kuzotorwa nababa mwedzi mitanhatu ichangopfuura kubva kwavo kwavaigara kuHatclicff vachishanda mumba, pamba pemumwe murungu aivachengeta zvakanaka chose.

Amai vaitiwo pamurungu uyu ndopa vaive vari kubva zvavakatisiya tiri vadoko, vanoti ivo vane dzimwe nguva dzavaimbopota vachirwara nepfungwa, izvi zvakatanga musi wavakatiza kumusha varohwa naBaba nambuya, amai vaBaba. Vaiti vainge varohwa musoro vakakuvara zvakaipisisa: Kutiza kwavakaita vakatomboita mazuva vachigara mumasango kusvika vazobengenuka nekuzokwira bhazi vachiuya kuHarare kunotsvaga basa kuti vagozodzoka vachititora kana zvanaka asi, urwere hwavo ndihwo hwakavatadzisa kudzoka pachine nguva. Amai vaiti ivo, pavakazodzoka kumusha kuti vatitore, ndiwo mazuva aye ainge asungwa mbuya Chibaiso vachangobva kushaika, saka isuwo tainge tatotorwa vaisaziva kuti tainge taendepi.

Hurwere hwepfungwa hwaAmai vedu hwaiwanzoitika chete kana vachishungurudzwa muupenyu hwavo asi kana vakagara zvakanaka vaive munhu kwaye chaiye. Vakange vatone makore vasingarware asi nekuda kwekudzoka kwavakaita pamusha naBaba vedu vanyengererwa kunzi vaizogara zvakanaka pasina mhirizhonga vachinyeperwa. Amai vaiti ivo kurohwa kwavainge vogaroitwa nekushungurudzwa nababa zvainge vovakanganisa sezvo vainge vakazvitakura. Hurwere hwepfungwa huya hwakange hwodzoka, ndiko kutiudza kwavakaita vakati ivo vakange voda kudzokera kumurungu wavo kuti zvivanakire. Vaive nefungidziro yekuti ikoko vaindochengetwa zvakanaka vachipihwa mapiritsi echirwere chepfungwa, nekugarawo murunyararo asi vaisada kuenda vasina kutiudza sezvavakaita pakutanga.

Vakatizve Baba vakange vavakumbira mune zvakanaka kuti vavabatsire kutitora kubva ku Childrens home uyewo baba vaiti vakange vakuda kuti vadzokerane, asi chokwadi chaicho, rudo pakati pavo pakange pasisina, uyezve baba vainge vachikuda mukadzi wavo mai Rue kunyange zvazvo ainga akavaitira zvinogara zvakadaro.

Kupera kwesvondo, yekupera kwemwedzi wega wega, baba vanonzi vaienda kunotsvaga mainvestigators ekuti vatsvage kuti mai Rue vaigarepi, asi vaingonyeperwa vachibhadharira mari mahara vachisvikovashaya panzvimbo yavanenge vataurirwa izvo zvaizopa baba ukasha vosvika kumba vachirova mai vasina chavatadza nguva dzose, uku kwakanga kuri kutsvaga pekupedzera shungu.
Amai vakati vaiziva kuti panguva iyi baba vakange vanzwa kuti Mai Rue vakenda Bhuruwayo uko vakasvikotenga imwe imba naJimmy vakutogara vose semurume nemukadzi.

Pane imwe hama yekwababa yakange yasangana navo ikoko ndokuvatevera muchivande pavaigara ndokutumira baba address , ndiko kwakange kwaenda baba weekend iyi kunovatsvaga.

Zvose izvi, Amai vainge vanzwa Baba vachikurukura nemuzukuru wavo weBhuruwayo uyo ainge aona Mai Rue naJimmy vari vose ikoko. Amai vakati Baba vakange vatakura pfuti yekunosvikopfuudza Jimmy kana zvichibvira, votanga patsva namai Rue.

Amai vedu nekusaziva kuti zvaizondofamaba sei ikoko vakatyawo kudzoka vourawa kana kurohwazve vachipedzerwa shungu kana zvichinge zvisina kufamaba mushe, saka uku kwaitova kutiooneka kwavaiita uyezve vachitsanangurira kuti havaikwanisa kuenda nesu kumurungu wavo. zvakanga zvisingabviri kuti nhumbu yavainge vave nayo nesu pamusoro. Asi vakativimbisa kupota vachiuya kuzotiona kuchikoro muchivande. Taisafanira kuudza baba. Nekunzwa tsitsi, takabvumirana namai ndokuvaperekedza kuenda kunokwira bhazi isu todzokera hedu kumba nekutya kukuru nekusaziva kuti paidzoka Baba Bhuruwayo vaizosvikoti kudiiko kuwana Amai pasina?

Uyu ndomusi watakatanga naRunya kuziva zvaitora nzvimbo pamusha uyu, uye nekuzivawo kuti nemhaka yeyi amai vedu vainge vatisiya tiri vadiki kudaro. Husiku ihwohwo takarara tiri toga pamba naRunya. Pava pakati pousiku takavhunduka tichinzwa pfuti kurira zvichibva nekubedroom kwababa. Pfuti yakarira kanenge katatu ndiye zii.

Pasina chinguva vanhu vemuraini vainge vaungana pamba pedu vachivhunza kuti chii cahinge chichitora nzvimbo, ko pakange pakutozivikanwa ka nemhere mhere yekurovana kwababa namai. Isu sevana takaramba tiri muroom medu nekutya kukuru tichiona zvese nepahwindo.

Taisatozivawo kuti chii chaiitika, mapurisa akadanwa nevavakidzani akasvika nechinguva chisipi, ndokuwana baba vari voga mubedroom mavo asi vainge vapfuura madziro nepamubhedha pavakasvika vachiona mai vasipo, vakaziva kuti amai vainge vatiza, ndokupedzera hasha kumadziro emba. Vanhu vakazoparara havo asi baba ndokutorwa voendwa navo kukamba yemapurisa, asi kwakazosara kwoyedza vatodzoka pamba. Kwakapera mazuva akati wandei, Baba havaitaura nesu zvizhinji asi kungoti bikai zvakati mudye kana kuti ndaisa muriwo mufiriji mozobika nesadza manheru. Ini ndainge ndatove musikana akura aigona zvese kubika nebasa pamaba asi zvose zvataibika vaisadya kunyangwe taivasiira, taizongozvidya mangwana kuseni.

Ndowakave mugariro wedu kwemasvondo maviri apo takazoona pamba pachisvika mumwe musikana achiti akange anzwa kuti baba vaitsvaga musikana webasa. Uyo akabva atoriwana pakarepo, ndokutouya nembatya dzake musi mumwechetewo, akati iye aibva Chivhu, zita ndichamuti Tsanangurai. Musikana uyu aiva mushava, pameso aitaridzikawo asi maziso ake aimhanya mhanya zvisingabvire uye akachenjeresa zvakahwanda, asi aiti bata zvakanaka kwazvo musikana uyu, uye aitiratidza rudo, kana homework yekuchikoro aitibatsirawo.

Baba pavakaona rudo rwaTsanagurai kwatiri vakatanga kutiratidzawo rudo nekutanga kutotaurawo nesu, vakutotionawo sevana vavo zvekare, nekutofarirawo kutivhunza zvekuchikoro nekuona mareports edu nemufaro kuti takapasa. Kana kutukwa kwainge kwapera, takazoziva mushure mekanguva kuti vainge vopiwa rudo naTsanangurai, stonyi yainge yorohwa, Baba vainge vatapirirwa nemusikana uyu weChivhumudhara. Hakuna kupera mwedzi mitatu kubva zvasvika Tsanangurayi vakatondomuroora kumusha kwake kuChivhumudhara, nekubva vatochata svondo iroro kucourt sezvo akange ava ne mimba yainge yato nemwedzi miviri, yakatozoonekwa nesu veruzhinji yave pamwedzi mishanu kuti aive nematwins mukomana nemusikana mudumbu izvo zvinova zvakafadza baba. Isu tainge tofarirawo vana vatsva nekuti mainini Tsanangurai vaitiitira zvakanaka.

Sezvineiwo mimba iya yava pa mwedzi misere, ini ndichangopedza kunyora O-level yangu, nhumbu iya yakanetsa vana ndokufira mudumbu. Ndipo paka chitanga kuoma zvinhu pamusha pedu.

Baba vakange vongogara vachinetsana nemukadzi wavo mutsva uyu nekuti ainge oti ini naRunya tainge tamuisira mushonga wekuuraya vana vake muchikafu saka tairoya kwazvo, izvo aiti iye ainge anzwa kubva kumadzitete handzvadzi dzaBaba paakaroorwa, vainge vamutaurira kuti atichnjerere tainge takasiirwa uroyi nambuya vainge vambotichengeta, kuchirehwa Mbuya Chibaiso. Nerimwe zuva bopoto rakazokura, Baba vakamurova zvokuti akatozonoponera kuchipatara. Pa akabuda muchipatara haana kudzoka nkumba kwedu ndokuenda kumusha kwake kwemwedzi wose. Pa mwedzi iwoyo takanzwa nekutukwa, nekurohwa nababa. Taive kungorohwerwa zvisina maturo, taive takungogara takapeta miswe sembwa mupengo. Pakadzoka Tsanangurai, zvakabva zvaperawo, asi baba havana kuzomborarama nguva yakareba pakangoita masvondo matatu bvavanzi vaita Heart attak vari kubasa vakadonha ndokutofirapo, ndokwave kuparara kwehupenyu hwangu naRunya hwatainge toziva panguva iyi.

Chitsauko 10

Rufu rwababa haruna veruzhinji vakauya, pakange paine vekubasa kwavo voga, vavakidzani vaingouya kwechinguvana votodzokera nemhaka yekuti baba vakange vasingataudzane navo. Pahanzvadzi dzavo 4 pakauya vaviri vaduku voga.

Vatete Amai Manuwere vakarambidzwa nemurume wavo, avawo Vatete Mai Lydia havana kuuya zvinonzi vainge vachirwara zvekupotsa kufa chaiko, vanonzi vakange varohwa nezveusiku iwo musi wakarewo washaika baba, asi vanonzi vairamba kuendeswa kuchipatara vaida kurapirwa pamba nekuti vaiti vanonouraiwa nemanurse, mheno pamwe ipfungwa dzainge dzorasika here .

Mukadzi wababa uya mukaradhi Mai Rue ainge akavatiza, akange aripowo pamariro ababa asi ini naRunya hatina kana kumukwazisa kana iye haanawo kumboticheuka, taingopfuudzana tichirovana mapendekete chero patasangana.

Tsanangurai aivepowo, asi chakandinetsa vanhu vaviri ava vaiwirirana zvisingaite parufu apa vachinyaradzana, vanhu vazhinji vachitoshamisika nazvo nekuti hazvaibvira kuti vasiidzani vevarume vawirirane kudaro. Mushure memazuva maviri Baba vakazonovigwa kuMbudzi imo muchitungwiza imomo, nekuti hama dzavo dzakaramba kuvatakura kuenda navo kumusha sezvo zvinonzi vaigarotaura kuti ndikafa musandiendesa kumusha mukada kuzviedza mese munoparara muzira netsaona, saka hapana aida kufa nekumanikidzira zvinhu zvainge zvakarambwa nemufi.

Zverufu zvapera mbatya dzababa dzakagovewa, ndokusara imba isina chinhu, zvikanzi ndeyevana, ndipo pakasumuka mainini Tsanangurai vachiti kwete imba ndeyavo nekuti uyu aive murume wavo. Nguva imwe cheteyo Mai Rue ndokusumukawo vakutorwirana imba iye. Mai Rue achiti ndiye akaivaka, Tsanangurai akange awana iripo.

 Mukaradhi we bocha aiti aive nemapepa emba zvakaita kuti vaviri ava vatange kutukana nekufumurana paruzhinji rwevanhu ndipo takazoziva tese kuti Tsanangurai aive sahwira waMai Rue kubva kare. Vvairi ava vakange varongana kuti Tsanangurai auye kuzoroorwa pamba apa zvisina ani akaziva kuiitira imba iyi. Vaidaro nekuti pakawana chaitika serufu rwababa urwu, vagokwanise kutora imba votengesa vogovana mari. Chainge chazoipa apa chaive chekuti Tsanangurayi akange oda kuita undyire kuti awane ega imba iyi. Hama dzaivepo dzakazopindira pakati apa dzakutodawo imba yehama yavo, isu vana takange tatokanganwikwa nezvedu.

Zvisinei madzimai maviri aya akazobuda panze ndokutaurirana, vakadzoka vachiti vaida nguva yekumbogadzirisa zvinhu imba isati yagovewa, uku ndokwakave kupararira kwevose vaive parufu kudzima dzavo.

Kwapera svondo mbiri kubva kuvigwa kwababa, ndakazoona pamba pachisvika vanhu vaiti vainge vauya kuzoona imba yaivainge vatengeserwa, ndikatoziva kuti changu naRunya hapachina. Musi umwechetewo watengwa imba , ndakatambira tsamba yanga yakangonyorwa kuti Daviro and Runya Matibhiri, asi iine return address yaibva kuUSA. Ndakazvibvunza kuti tsamba iyi yainge yabvepi ndianikowo ainge atinyorera tsamba kubva ku America? Asi ndakashaya mukana wekuti ndiivhure ndiverenge nekuti ndakaona mainini Tsanangurai vouya kwandaive kugedhi ndokukurumidza kuiviga mubra.

Vachisvika pandiri mainini Tsanangurai vakangoti Daviro, vanhu vauri kuona ava vatenga imba ino, kutaura kuno Mai Rue ndivo muridzi wemba saka iwe nemuni'ina wako uyu mototama nhasi chaiye motsvaga kwekuenda. Ndakatarisana naRunya uyo akange achangobva kuchikoro achakapfeka Uniform asati apinda mumba , takangoti kanha nazvo ndokuti,"saka mati tingaendepi nhai mainini ? Inga munoziva wani hatina hama dzinotida, ko madii matitora maendawo nesu?

Mainini vaya havana kudavira ndokurova kachikwee kainzwikwa pano, nekuko, ndokuti, "haasi mashura here imi vana imi, ndakazvara here ini wamunoda Kutakudza mutoro? Ko angu mapatya zvaakangofira mudumbu wani, futi i know you have someting to do nekufa kwevana vangu imi vanambwa imi, mai Rue told me kuti makatanga kuroya muri vadiki nezimbuya renyu rakafira mujeri. Kurumidzai kufamba famba, handisini ndakauraya baba venyu,,.

Tose tiri vaviri takatoona kuti chekuita pakange pasisina, ini ndakada kukumbira kuti ndipinde mukati ndirongedze hembe dzedu asi mainini Tsanangurai vakazviramba,

vakati ,'' ukuda kupinda pai hee? tibvire kumhepo….
Vachindisundudzira panze ndokuti, ,'' tora chana chamai
vako ichi mufambe fambe iko zvino; iyo mari yebhazi
kudzokera kumusha kwenyu, mondozvionera ikoko,
ipapo vaitaura vachitikandira ka dzatsa ke1 billion
Zimbabwe dollar mushure medu. Ko yaimbove mari
svinu here naiyo inflation yenyika yaidaro kuoma. Imari
yaingokwanawo   bhazi   chete   nekambuva   kusvika
kumusha kwaMutoko yotopera.

Iniwo   zvenharo   ndakange   ndisingakwanise
ndakangobata mwana wamai vangu ruoko ndikati Runya
ngatibvei pano hatisi kudiwa, vakatikandira mari asi
ndakashaya   simba   rekutoinhonga,   Runya   ndiye
akainhonga   hake   semhunhu   ainge   asina   hanya
nezvakawanda.

Hapanoi pakuti toendakupi chaiko, ndipo ndakafunga
kuti ko tadii tadzokera ku St. Michaels children's home
tanotsanangura nyaya yedu kumasisters kuya pamwe
vangatitambire zvakare.

Runya   ainge   achangotanga   form   2   ini   ndainge
ndakamirira maresults eform 4 ndaitoziva kuti ndinopasa
chete, nguva dzakange dzave kuma past five dzezuva
rovira, apo plan naRunya hatina, takafunga kufamba
netsoka kubva kuChitungwiza munaSeke road muya,
taienda tichitevedzera road, tiri zii, dzimwe nguva Runya
aimboimba hake: Kwakazosviba manje tamumapurazi
ekubva muZengeza 4 tichingobva paManyame Bridge.
Kubva panzvnimbo apa mumaside meroad rakange
rangova sango nemiti nehuswa hurefu, ndaingoti nhaka
tinopondwa hedu, ndopandakanzwa kumashure kwedu

kuti tsvii kumira, raive bus reZupco raienda Kumbare, zvikanzi naDriver wacho murikuenda kupi vana imi husiku huno? Tikati tinoda kuenda kuSt. Michaels asi mari yedu ishoma haikwane kwatiri kuda kuzosvika, ndipo akati saka murikufamba netsoka rwendo rwese urwu nekusviba kwakwaita uku, hamuzive here kuti munopondwa kana kubatwa chibharo, pindai ndikutakurei ini ndirikuenda kuMbare monoburukira ikoko ndozokupai mari yecombi yekwamuri kuenda tasvika.

Takapinda mukati tikati maita basa ndokugara hedu pasi. Zveshuwawo, adriver vaye vakatisvitsa kuMbare ndokusiya vatipa mari yecombi neyechikafu vakatinongedzera paiwanikwa macombi aye eku St. Michaels, waitokwira maCombi ekuGreencroft uchitosiirwa pagedhi chaipo.

Takavatenda aDriver vaye ivo ndokuenda havo, kuzoti tasvika pamakombi paye takaona kuti ainge atopera kare nekuti 10 dzeusiku dzainge dzatochaya, saka taitofanira kuzofumira mangwana kwachena, nzara zvino yainge yoruma apo tavemo mukati meMbare pamusika mukuru we Zimbabwe panotyiwa nemunhu wese. Takati kusi kufa ndekupi, regai titenge sadza tidye sezvo nzara yainge yoruma, ndokuwana paive nemadzimai aitengesera sadza varimi vaiuya kuzotengsa zvirimwa zvavo.

Takatenga sadza redu nemapapu ndokudya hedu, uye sadza rainaka iroro. Taguta pekurara manje ndopainge ponesta hapo tichingotenderera panzvimbo imwe, kusvika tazoona painge pakararawo vamwe vanhu ndikangoti Runya hande tinorara pane vamwe apo, hapana zvinotiwana. Takasvikowanawo nzvimbo ndokunonga zvimakadhibhokisi nekuwaridza pasi nekurara hedu asi ini hope dzairamba kubata semunhu ainge akapfeka patapata musi watadzingwa, chando chakandibvunza mutupo musi uyu. Chaindirova kutsoka pamusoro pazvo ndainge ndisina juzi.

Runya akaita rombo rakanaka nekuti ainge ane track suit yake yekumasports ndiyo akarara akapfeka, pasina chinguva ndakazoona vamwe baba vainge vakararawo ipapo pavanhu vondikandira chitsaga necardbox kundi ndiwarire nekurara, ndakavatenda chaizvo, ivo ndokuita sevairara kwavowo kure nesu.

Hope dzakange dzakutondibata apo ndakanzwa Runya achiti ,''sisi Daviro, honai munhu ari paside penyu uyu abvira kare achingoswedera padhuze nemi, ngatibvei pano tiende apo pana mai avo, iniwo tarirei padivi pangu wanike hezvo ko zvavari baba vaye vekundipa chitsaga necardbox, ndakangosuduruka naRunya ipapo ndichiti chokwadi chemahara mushana mazuvano ano, asi hope hadzina kuzobata nekuti baba vaye vainge voita mashiripiti sevanoshura kufa kwemunhu.

Ndinofunga vainge vanzwa nenhomba yebonde, nekutii ii ndakaona chitaurirwa hunyimwa mbare dzekumusana musi uyu. Runya ainge atobiwa zvake nehope, baba vaye vakatanga kuvhura zip yebhururgwa ravo vachiburitsa chinhu chavo cheweti vachichizunza zunza neruoko rumwe, rumwe rwacho vachindidaidza narwo kuti huya kuno, iniwo apa ndakutya kuti nhasi ndichabatwa chibharo chete, ndakademba kuti ko ndainge ndatambirireiko chisaga chavo ndokubva ndavakandira ndikati torai chisaga chenyu icho, zviri nani kuti ndife nechando pane kubviswa humhandara nemurume wemunzira, haa kana kwete, ndaitofa navo chete baba ava. Apa ndainge ndakangogara ndoga zvino ndakabata chidhina chandainge ndawanawo padivi pangu. Hana yongorova, ndofunga baba ava vakaita 5 min vachingondidana, ini zii kunge ndisikuvaona ndakazongoona avo kwaku nezvigumbeze zvavo kuenda padivi pamai vainge ari pedyo nesu, ivo mai vaya kana kumbovhunduka havo, vanhu ndokutoitana paya zvese zviri mumeso angu, ndandisati ndamboona zvakadaro muupenyu hwangu. Ndakazviudza kuti nyangwe zvidii handaizombofa ndakatsika futi panzvimbo iyi inonzi Mbare muupenyu hwangu nekuti tsuro haiponi rutsva kaviri. Kwakazosara kwoedza ini ndainge ndatomuka kare ndakamirira Runya kuti amuke.

 Ndainge ndarara ndakagara usiku hwese, uye noise yaipfuura ichiridzwa nemabhero emabhazi ndiyo yakandibatsira zvikuru kuti ndirambe ndakasvinura. Kwaedza paye, naRunya takawana nzvimbo yaive netap pamusika ipapo ndokugeza kumeso, asi mbatya dzedu dzainge dzazara magrease epatainge tarara husiku hwainge hwapfuura ini ndainge ndongoswinyiwa nekukwenya kwenya, ndofunga chisaga chiye chandainge ndakandirwa nababa vaye chainge chiine inda chete, nokuti ndainge ndongonzwa kurumwa rumwa pese pese.

Zvisinei makombi ekugreen croft aitanga na8 dzemangwanani, apa dzaive kuma 6am. Takatsvaga paitengeswa tea nechingwa ndokugara zvedu tichidya. Sezvineiwo ndopandakanzwa kubaiwa baiwa mubra ndikati hezvo, kasi inda dziya dzatondipinda nemumabhurugwa mese kanhi, kuzobata kudai kuti ndikwenye wanike itsamba iye yandainge ndatambira zuro apfuura, ndainge ndatokanganwa nezvayo.

Runya akati sisi ko itsamba yaani iyi, apa ndipo pandakamuratidza akati,ngativhurei Sisi. Tichivhura, chinhu chakatanga kudonha waive mufananidzo wemunhurume, kuzotarisa kudai tese takaridza mhere, ndokuti Simba, tichimbundirana, kutokanganwa kuti tainge tiri pakati pekudya.

 Runya ainge akaisa bag rake rekuchikoro paside pake necup yetea yaanwira ini ndokugadzika yanguwo pasi kuti ndione kunyatsoona mufananidzo uya nekuverenga tsamba. Uyu aitova Simba hake, paphoto paye, ngaanake kuita kunge munhu wemufirimu. Pakuzovhura tsamba pakati payo painge pakaiswa $50 Ma USA ndakabva ndangoipeta peta ndokuiisa mubra chimbi chimbi ndokutanga kuverenga tsamba iya. Tsamba yaibva kuna Simba yainge yakanyorwa sezvizvi.

Hi Daviro and Lydia,

makadii Girls?, it´s me Simba ,i hope you still remember me, we had quite an adventure together 4 years back ,takapedzisira kuonana kave kare, paya pamakatorwa nemapurisa akazonokusiyai kuchildren´s home, zvese izvi ndakazviona nekuti ndaitevera mota yenyu kumashure nekuti, after what i had seen paya Daviro uchiteverwa nevarume vaye, i did not genuinly believe kuti ainge ari mapurisa kwavo, so i had to follow them in case you needed rescuing, ivo havana kumbondiona ndichitevera kana, kusvika ndaona pavakanokusiya nekubvunza masecurity kuti aivaziva here varume ava, akati hongu uye vakatondosimbisa kuti maive safe, ndaida kudzoka ndichizokuonai but unfortunately ndakabva ndawana nzvimbo ine scolarship yekuita Masters yangu kuUnited States of America!

Can you believe that? it was a dream come true. I tried to come see you but nguva dzakadyidzana , anyway that is where i have been for the last 4 years and i will be coming back to Zimbabwe in 5 weeks time, i hope tsamba iyi munenge maiwana , i hope to see you, By the way your address ndakaipihwa naSister vekuSt. Michaels, vaiti your real parents reconciled with you uyezve ndokwamave kugara.

I am glad it all worked out for you Daviro na Runya, ndaitokushuviraiwo paya kuti dai magara zvakanaka mune vabereki vanokupai rudo rwuzere, i used to pray for you, i am so excited to finally get to write you guys.. i missed you so much, mari iyi ndeyeCombi kuti muuye kuzondiona pandouya ku Zim, please call on that number in five weeks time tiite apointment, ndinenge ndasvika kuzimbabwe (040 22004488) . Iyi ilandline yekumba kwedu, ndinenge ndaveko, i desparately need to see you especially iwewe Daviro, ndofunga wakura, i hope hausi kuita zvevakomana, i have something to share with you besides news dzekuti i am now a Phd holder.

Looking forward to hear from you both!

P.s. ndaisa pic mukati just in case matondikanganwa face yangu.

Greetings Simba

Tichipedza kuverenga tsamba iyi inotaridza kuti yakange yatove nemasvondo mana yanyorwa, zvichireva izvo kuti Simba akange atovemo munyika ka, so taitofanira kuti tinomuona, without fail. kana zvekuenda kuGreencroft takatombomisa. Runya akatanga kupopota kuti but Sisi Daviro why didnt you read that letter nezuro nhai, honai manje we are suffering nhasi, dai paya nezuro takatofona, moti Simba airegedza kuuya here kuzonotitora? Iniwo nenyadzi dzekuti shuwa mwana aitaura chokwadi ndakangodaira zverough kuti '' haha tibvire apa, iye ndokuti but Sisi makandirambira enyu paya maidanana naSimba ka imi? ini ndokuti nhai Runya unomboawanepiko mashoko ako aya aunotaura?

hauzorore kutaura bodo, chimbovharawo muromo mwana wamai vangu, iye ndokuti i knew it, he is your boyfriend dai asiri mukomana wenyu uyu asina kumbotitsvaga, plus iyo mari yakawandisa haingopihwe munhu wese wese, takatarisana ndokuridza kachikwee topedzisa hedu kudya kwedu kwemangwanani emusi uyu.

Chitsauko 11

Tichibva kuverenga nekufarira tsamba yaSimba naRunya, takati rega tipedzise kudya, kutarisa cup yetea iya yaive padivi wanei wakandiisa riini, kudoti kuna Runya ndizvo zvimwezvo, kana chibhegi chake che Lazoo chatainge tagadzika padivi kuti tione kudya zvakanaka chainge chisisipo, boys dzeMbare dzainge dzaita basa radzo, ndakanzwa kurwadziwa zvikuru, asi takangoti hapana yekutamba Runya pekusvikira tavenapo, hande tinofona, takasvikonanga pacallbox ndokuchaya nhare panumber dzatainge tapihwa naSimba, ndokubva yadavirwa nemumwe musikana akazviti iye ainzi Chipo uye aive handzvadzi ya Simba.

Chipo, paakangoziva chete kuti ndi Daviro na Runya vafona akatanga kudeedzera zvine mufaro mukati kuti ''Simba ,Simba ;Musikana wako afona mhanya she is on hold, ari pacall box, zvese izvi ndaizvinzwa hangu ndiri kune rimwe divi, iye akaita chamupupuri kumhanya kurunhare ndokuti , Hey,! hi, here is Simba is that Davi? Iniwo ndokudavira ndichiti
''Hi Simba its me Daviro naRunya uyu ari paside pangu, how are you? Simba haana kutombodavira mubvunzo wangu wekuti how are you wandakange ndamubvunza, akatanga nekundinaya nemubvunzo kuti,''Daviro where are you? i was at your parent's house yesterday evening ndichikutsvaga because i thought tsamba yangu hamuna kuiwana, ndaiti pamwe yakabiwa because of mari yainge irimo, imba yenyu ikunzi yakatengeswa but ndakawana rasta vaye garden boy vaikamhina vachitoburutsa mabag avo murori yaive yakamira pagedhi vachiti ndivo vamuridzi wemba mutsva. Mumota maivaiburtsa zvinhu

mainge makagara mukadzi mutsvuku so anenge mukaradhi but ane vhudzi rechiboy. Chakandishamisa Rasta ava havana kutombondiziva kana, vaitoita zvekundignore vachiti he doesnt know the previous owners of that house vainge vangoitengawo kuma Agents.

Ndichinzwa izvi zvaitaurwa naSimba, ndakatura befu ndiri parunhare paye ndokuti you know what ,Simba its a long story, that i can not tell you paphone, zvakutoda face to face izvi, then he said ,'' So when can i see you and where are you right now Davi? ini ndikati kuMbare. Simba akashamisika chaizvo kuti ko taitsvagei kuMbare, semunhu wemabhazi aiziva kuipa kwenzvimbo iyi, ini ndikati i will tell you taonana , imediately akabva aindudza kuti tiuye paddress yainge yakanyorwa mukati metsamba iye uyewo kwaiwanikwa maKombi yaingove nzira imwe nekwatainge takananga pakutanga. Akgara atiudza hake kuti aizoenda kunocontroller situation kumaOffices ababa vake pazuva iri saka taiwana asipo pamba but taitambirwa nehandzvadzi yake Chipo.
Takaonekana paya ndokutanga kuita zvatainge taudzwa asi tisati tasvika pamakombi pamberi pedu pakabva papfuura vamwe amai vaive netswanda vachiita sevaienda kunohodha asi pavakatidarika pamberi pedu pakabva padonhera chi see through packet chi 5 kg chakapera Shuga chaive chine mazimari aita kunge maUSA ega ega, takatarisana naRunya, pedzezvo kutarisa kwaenda mai vaya but vakangodisapear nemumakombi ipapo ipapo, ndipotakatanga kucheuka cheuka kuda kuona kuti hapana ainge azviona here zvainge zvaitika asi hapana kana watakaona achitarisa , vanhu vaitongozvifambira havo,ndokumhanya kwatakaita

,kuchinhoga chiplastic nekutochivhara netrack jacket yaRunya tikati maihwe zvino tazove vapfumi manje mari yese iyi yedu hedu . Takangoti fambei kwemaseconds bvapasvika kamwe kasekuru chaiko katochena ndebvu kaitofamba netsvimbo kachitonzwisa tsitsi, zvikanzi , imi vasikana imi ndakuonai manhonga mari yadonhedzwa namai vemusika vaenda avo, isu naRunya ndokutarisana nenyadzi takutadza kupindura, zvikanzi nekamudhara kaye musatye vana vangu, handikutengesei asika, ngaitidaiso, ngatigovanei mari iyi zvakaenzana tese tiri vatatu ′ini naRunya ndokutarisana tikabva tabvumirana nezvaitaurwa nekasekuru aka, iko ndokuti ′Zvino vazukuru pano paita ruzhinji tingazobirwe mari yedu handei kuchimbuzi uko tondogovana ikoko hakunavanhu vazhinji ′apa aitaura achinongedzera chimbuzi chataitoona chaive pedyo nepatainge takamira hedu, ndokubvatananga ikoko kamudhara kaye kari mberi isu tiri musure, hakana kumbocheuka kuti taitevera zvemasure here , tichisvika pachimbuzi paye tinzwe, aah vazukuru pano pane chimbuzi chemadzimai oga pindai mukati muverenge mari iyi moipatsanura katatu mobuda mondipa yangu toita aziva kwake aziva kwake isu ndokuti ′Hevoi Sekuru tichitopinda paya, zvikanzi aah asi vazukuru ndoziva sei kuti hamuzonditize, isu ndokuti ′Kana Sekuru hatimbokutizai isu tiri vana vane hunhu zvikanzi inhema ndipei chekusara ndakabata kuitira mukatiza tikati us hatina kana bag sezvamuri kuona′zvikanzi aah kana mari shoma ndipei ndifanobata iyoyo pamunobuda ndokudzorerai mandipa share yangu isu naRunya ndokutarisana, ndainge ndotoda kuisa ruoko mubra kuti ndiburitse 150 USA iya yekwaSimba but Runya akabva ati Sisi Davi ndakuvapa hangu mari yedu yebhazi achitovatambidza chidzatsa chiye chemari yeBhazi yatainge takandirwa naMainini Tsanangurai kuChitungwiza nezuro wacho. Sekuru vaye ndokuti ndiyo yega here vasikana mari yamunayo tikatoti hongu, Sekuru vaye ndokuti horaiiti vazukuru pindai muverenge itai chop chop musaonekwe muchiverenga, hepanoi tapinda muchimbuzi muya imei vedu, chitauriwa huona mbare dzekumusana, muchimbuzi maive nehwema hwaivharidzira mhino dzese idzi uye mainge makangoitirwa tsvina pese pese asi takshingirira tichiti zvinopfuura izvi, ndokuvhura chipepa chiye kuti tiverenge maUsa aye, wanikwe haiwe aive manewspaper ega ega ainge akachekererwa zvakanakisisa zvakaenzanawo pamusoro pobva paiswa maphotocopy ema 50 Usa, takabva tamhanya panze kuti tindoratidza sekuru vaye zvainge zvaitika, kusvika panze paya kuwana munhu wakandiisa riinhi atorova pasi kare, ndipo takaziva kuti tarohwa mari zvakachenjera nekasekuru kaye, maive vemusika vaitengesa mabanana ndivo vakazoti ya vana imi makarara, ndaga ndichikuonai hangu nguva yose iyi, yamatambwa iyi ndoinonzi Chadonha muno muMbare.

Ndainge ndotoda kuchema asi ndakayeuka kuti ndaive neimwe mari muBra, bvandangoti aah zvinowanikwa amai,zvatogona zvaitirwa isu tanga tisina hedu mari zhinji, yedu yanga iri yebhazi kuenda kumba, ndipo vakabva vatitambizda mari yekombi kuti tipedzese rwendo rwedu kwataienda. Hatina kana kuda kutaura kuti taive neimwe mari nekutya kuvharwa zvakare. Tichibva apa takabva tananga kumaKombi eku Greencroft, hatina kuzombomira apa Takaita rombo rakanaka rekuti Kombi iyi yainanga kwataienda isngamire mire nekuti kuti kutaura chokwadi tainge tavanetsvina yeusiku hwese muMbare uye kurara pasi , taita kunge vanhu vaswera kumaricho. Vanhu vaipinda mukombi umu havaida kugara pedyo nesu vaitotisema, apo taive kuback seat chaiko.

Zuva rakazosara rovira isu takange tatove nenguva tasvika kumba Kwavana Simba, hatina kana kurasika nekuti ini ndakange ndichiri kuyeuka pamba pacho kubva musi uya wandainge ndarandutsirwa naSimba mubhazi raBaba vake ndichibva kwaMutoko

Simba takawana hake asipo, asi takatambirwa zvakanakisisa nehandzvadzi yake Chipo uyo akasvikotipa room yainge yakaita en-suit yakabatana nebedroom yaive nedouble bed iri combined, netoilet ,bath tub neshower mukati imomo. Apedza kutiratidza ndokuti you can take a shower if you like girls i think you have had a rough night, izvi akazvitaura atoona kuti tainge tine tsvina uye kamweya kainge kavepo. Uku kwaisava kushora asi kuti aitotinzwirat tsitsi.

Takazosara topedza hedu kugeza, uyuwo Chipo ainge atopedza kubika and she offered us hembe dzake dzaiange asisakwane, kana Runya akatowanawo something chekupfeka pambatya idzi, mafuta zvese zvaivemo muroom umu. Ichipedza kupfeka ndokuwana Chipo achitopakura sadza nezvinyenze nemave paside, apo zvaibwinya sei, naRunya zvakbva zvatifungisa ambuya vedu Mbuya Chibaiso vainge vafira isu, , ndipo Runya akabvunza kuti nhai Auntie Chipo, ko maziva sei kuti iyi ndofavorite food yangu naDaviro, iye Chipo ndokuli so its true kuti Daviro you are Simba´s girlfriend ? Iniwo ndokumhanya kudavira kuti noo, we are just friends, asi iye akaseka hako zvikanzi ´But Runya called me Auntie ka uyu, kuratidza kuti pane zviripo, Simba ndakamubvunza if you are his girllfriend but anongotsika tsika hapana zvanotaura but manje ndakuziva zvese achiseka hake, zvikanzi rega ndikupindure mubvunzo wako Runya, kuti how did i know your favorite food, it´s because Simba told me your whole story kubva muchivadiki kudhara paye pwakambouya naye pano ndaksvikoona hembe dangu dzakashota pandabva ku Boarding school , ndobva andiudza nyaya yako, i remembered in your story akataura kuti mainge mapiwa this kind of meat nambuya venyu so i just cooked it for you so you could remember her, saka usatye hako, i am not a magician apo aitaura achisekerera kwazvo zvinerudo mukati.

Apedza kupakura akazoti, aah manje Simba wacho uyu ari kunonoka kusvika ati anosvika paDinner time so lets start hedu. Takatanga kudya here hedu tichirondedzera Chipo zvose zvainge zvaiitika kuMbare iye achipwatika kuseka hake zviya zvekutoumburuka pafloor nekutobua tumusodzi. Tave pakati pekudya, heyo Simba kubva asvikawo, akati achipinda mumba kudai akatadza kana kutaura nekufara, ini hana yainge yobika manhanga mheno kuti ndingaiti ecxitement here or chii asi , ndakatanga kunzwa mafeelings aye ari strong towards Simba , ndakangomutarisa ndokuona kuti aive achinja zvekuti, aive now bit taller with a neat hair cut and a treamed baby beard, tundebvu twuye twekutanga twemunhurume, aiita kunge munhu wemufirimu akapfeka jean rake reblack ne white golf T-shirt yaioneka maMuscles aya emunhu anoendawo kuGym, ndakatadza kusimuka pandaive uye ndaiita kunge ndakutopererwa nemweya wekufema ndichimuona, akawo Runya nedzungu ndiye kwanyanu paseat komhanyira kunombundira simba kachifara zvaadarikidza zviya zvemunhu ane dzungu.

Apedza kumhoresana naRunya akauuya kwandiri akangoti hey Davi masvika zavakanaka here Girls, this is amazing achifamba kuya kwataive tigere naChipo akabata ruoko rwaRunya, ndakatadza kusumuka pandaive ndakagara , mheno zvainge zvongoitika pandiri, mudumbu angu makatanga kurira mega kunge ndakuda kubudisa mweya ndakada kuti ndizvivhare ndiye bhuuuu , riya zibhuu rinorira nemba yese, pakamboita karunyararo ini ndave kungozvinyarira zvino, vanhu vese ndokuti bvuu kuseka, neniwo ndainge ndakutosekawo, ndipo Runya akazojamba kudzokera pachigaro chake achiti hii ende Simba , wachinja, wawedzera kunaka kuita kunge Usher Raymond uye uye anoimba so, but imi mazomudarika manje. KaRunya kaive kakachenjeresa veduwe asi zvemusi uyu zvaive pamberi seDiplomat passport yemaPoliticians, but izvi zvakaita kuti situation yangu yekusura yainge yave tense mumba umu inyorove, ndopandakazogona kusimukawo kuti ndimhorose Simba neruoko but iye akaita seasina kuona ruoko rwangu, zvikanzi na Simba ´No mhani Daviro come here, it´s been five years without seeing you mhani ´apa achindidhonzera paari , ndiye zihug zihombe pandiri mbunde , nekatsvodi padama apa matama edu achigumhanawo ndobva ndanzwa kakumarika netundebvu twake padama rangu, izvi zvakaita kuti ndiyite kunge kakuzviwetera and to be honest it was an involuntary, hapana akazviziva kunze kwangu ndega, paakandisiya ndakaita kunge ndichadonha nedzungu, mheno kuti kaive kadzungu kerudo here kaye katinogaronzwa mumanovel, apa ndopaakandigama akati Áre you ok Davi ;kasi hausi kunzwa mushe here? Uyu waingova mubvunzo siri sekuti he knew exacly what was happening, hana dzedu dzcingoroverana ichipana maziso chete, iye ndipo pakati ´Gara apa upedze kudya , i will come join you ugondiudza kuti zvi zvikunatsoitika, akadaro Simba, achibva aenderea mberi achitaura kune Sister yake Chipo achiti ´Ko maswera sei sister , mandisiirawo here sadza ndorandirikunzwa kuda nhasi? Iyewo Chipo ndokudaira achiti, ehe Simba, sadza rako ririmo muOven umo ndariisa palow, tora udye hako, iye Simba ndokutonanga kuKitchen kuya, kunotora kudya kwake kwemanheru emusi uyu.   Chipo akasara achinditswinyira kaziso zvikanzi Daviro, you know my brother anokuda but ane problem Simba uyu haagone kunyenga musikana, anonyara zvokuti, anenge achingoita maction chete kuti uzvizive, seipapa i know haasati akuudza chinhu, but you should know, kuti he really likes you, akabvira 4 years ago achingotaura nezvako, tatoneta nezita rako muno mumba, plus haana kumbobvira anyenga vamwe vasikana since that day he met you,akabva azvivharis zvese aingoti i have now met my soul mate, when he was in the US I aida kuti ndimbouye kumba kwenyu kuzokuona but neHistory dzandaimbonzwa ndakatya kuuya, so ndati panapa ndingokuudza hangu usazoshamisike, kana usingamude muudze zvisati zvaenda kure asazoita heart break seyaakamboita pawakatorwa nemapurisa kwaMaruta , kare paya, it took him months to recover.

Ndaida kuti ndipundire Chipo kuti kana neniwo ndomuda ini Simba, asi ndisati ndapindura Runya ndiko kakadavira, zvikanzi Zvenyu imi Aunti Chipo, ini hezvo ko vakutoitana atete futi, kakenderera mberi kachiti ´Daviro uyu ndakamuudza many times kuti Simba anomuda futi vanenge vanodanana ava, havasati vakuda kuitudza havo nekunyara, ini ndokuti iwe Runya pfuurwa nezvimwe, ndichida kuzvipindurirawo ndokuti you know Chipo Simba haana kumbobvira akandiudza kuti,ano...... asi ndisati ndambopezda kutaura Simba akabva apindawo paya, akabata ndiro yaive nezondo maveg nesadza paside , zisadza hombe chairo , kana kutombonyara kuti paive nevaenzi, ndinofungidzira kuti pada ainge anzwa zvandaitaura saka akaona ndave kungondandama ndisisakwanise kuenderera mberi ndokuti kukudza kuti chii nhai Davi? Achindibvunzwa apo akanditarisa mumaziso chaimo achisekerera hake mwana wevanhu, ndakabva ndnazwa nyama dzangu idzi kuita sedzavekunyunguduka, ndaitenge ndongoda hangu hangu kunyura pasi kuviga nyadzi dzaive dzonditambudza nekuti muupenyu hwangu handina kumboitawo mukomana kana kupisa Rudo, izvi zvaitove zvitsva kwandiri, ndopaakati, ini nhasi ndoda kugara pana Runya apa swedera ka kuside Davi, Runya ndokuti no simba gara panzvimbo pangu apa ini ndogara kuna Tete Chipo uku ndoda kuona face yako paunenge uchitaura kuti ndione kuti handisi kurota here kuti ndiwe zveshuwa´. Tese takabva taseka hedu, takazoenderera mberi nekudya sazda uyewo nekuudza Simba giving him updates kubva zvaatisiya kusvika nhasi uno uye chadonha yatainge tatambwa kuMbare nasekuru vaye tichangobva kutaura naye parunhare, mwana wevanhu aktadza kudya sada achitiseka.

Uyuwo Chipo aitoziva nyaya yedu nechekare, so

aitererawo achinzwa tsitsi hake, ndokuzoti pave paya ya ende hupenyu hwakaoma , i am so sorry Daviro, pandainzwa nyaya yako mafirst days ndaingotiwo hamheno pamwe golddigger anoda kuvhara bhudhi vangu ava, but pandakuona uchisvika panapa, ndatonzwa tsitsi, you look so innocent, dai mwari vakakutungamirirai muupenyu hwenyu askana, you see , i am sure you already know kuti ini naSimba tiri nhererawo asi baba namai vainge vakagadzira mapapers eownership of this house nebusiness redu vasati vafa , vakange vakanyora Will, zvese vakazviisa mumazita angu naSimba tisu tega vana pano, hapana kana hama yakati buufu because vaigaroudzwa nababa kuti ndikafa zvinu zvese ndezvevana vangu.

Pakazomboita kamwe karunyararo, ndipo Simba akazoti shaa Daviro na Runya nyaya ndainzwa , you are welcome to stay here for as long as you like, i already agreed naChipo nezuro kuti mugare pano tinokuchengetai kana musingade henyu kudzokera kuSt. Michaels children home plus, there is a high school near-by where you can go to finish your Alevels and i can pay both your school fees. I understand Daviro you finished O-level and Runya second year of high school right? Runya ndokuti ehe, Simba ndokuti saka Davi do you want to go for A-Level ? Ini ndokuti ehe i really really want to, ko paitaurwa zvechikoro ndopataidanwa tichinzwa.   Chipo ndopa akabva ati, izvo hazvinetse Simba ndoenda navo ini ne Monday pane mhunhu wandoziva anoshanda pachikoro ipapo, ifriend yangu, Simba ndokuti murume or mukadzi zvikanazi naChipo murume, ka Runya ndokudairirawo nyaya dzakasingazive zvikanzi, aah haasi mukomana wenyu here Auntie? Chipo akangotanga kunyara nyara ndopakazonzi naSimba; Runya akomana wabva watomutengesa ka Chipo uyu apo aitoseka hake, ndipo akati ya ndapedza kudya manje, nzara yese yapera, ndokutarisa kwandaive ndokuti nenzwi rinyoro nyoro, ko Davi , pleasecome with me timbotaura nyaya, siya Chipo naRunya vambopedzerana makuhwa avo, tichingobuda ndakanzwa kachikuwe kumashure Chipo naDavi vachisara vachirovana maoko.

Ndakatevera Simba paye ndokunopinda muroom maaiti ndemake, ii aiwa mainge muri muroom zve ndkapa ndega kutenda. Maive neKing size bed yemari , fully furnished then yobva yaita side raive ne kasmall bath and toilet yaive neka veranda paside kainge kakatarisa paroom yaive neindoor swimming pool nefully furnished Gym, ini hezvo ndokurikubva maMuscles ese aya nhai.

Maive zve mumba mechirungu umu, ko isu ana Davi taizvizivirepi, pandakanzi you can take a seat paurikuda ndainge ndotoshaya pekuisa magadziko angu ndopaakazoti feel free Davi, gara hako pamubehda apo, ini aha, ipo pamubhedha musvinu kudai, ndokugara hangu kumahombe kombe chaiko semunhu ane kwaari kumhanyira kuda kuenda ndaive ndakagara pamubhedha zviya zvemuroora mutsva achangosvika pamusha pakaroorwa , kugara kukakona kemubhedha ndakpeta maoko. Apa ndipo Simba paakadhonza chair yaive padressing table pake ndokuswedera pedyo neni, ndokundibata maoko, ndokuti Davi , you know i heard the conversation yawanga uchiita naChipo ndisati ndapinda hangu mukitchen , i heard everythig, but the truth is ichokwadi zvese zvataurwa naChipo, ndingadai ndakakuudza kare, but the fact yekuti waive mudiki and circumstances at the time zvakavharana, so now i am back, i know uchiri mudiki, but sha makurire awaita aya unowanikwa neatanga, so tell me, hauna mukomana here Davi? Akandivhunza Simba akanditarisa mumaziso chaimo, ini ndokuti aah handina in Simba, ndomuwanepi, iye ndokusekerera hake ndokuti, nhema dzako unoshaya neiyi nemanakiro awakaita aya,kuita kaPetite body kakadai , kamudya ndakaringa nzira, ugoshaya anoti ndokuda shuwa here iyoyo, ndipo ndakati aiwa , what i am saying is handina mukomana nekuti i was focusing nezvechikoro hangu. Iye ndokuti ´ya zviri bho Daviro, nekuti urikuzvichengetedza. But be honest Davi; ko ini unondiona sei? ini ndokuti ah ah ah ndichindandamira kutadza kutaura ndokuzoti, iih ndokuda hangu ini Simba but ko kuchikoro ndozodii, i want to go for A-level ndozoitawo Pharmacist saChipo uyu, its my dream and i want to work towards it for it to come true sezvakaita Chipo uyu.

Simba akatura befu ndokuti look Davi, i am not here kuzokukanganisa chikoro but, we can reach an agreement kuti i can wait for you kusvika wapedza A-Level, tozopisa hedu rudo rwedu, i have waited for you all this long 5 years Davi kusvika nhasi hapana kana pandingazombokuite rough, uri wangu iwe, after all ist only 2 years iniwo i still have two more years paHavard University.   I   am   extending   my   programme, ndichikumirira shaa, but we can still do things together like going out for movies, games etc. Pese pandinnege ndiri kuno, i will ccome to see you 3 times a year at least. Most of the time, iwe naRunya muchange muchigara naChipo uyu, she has a good heart futi anokufarira Daviro, akadaro Simba achisumuka paaive ari ndokuuya pandaive ndikagara, takatarisana maziso, ndokubva andipa a small soft kiss pahuma apa, mafeelings aye zvino andainzwa pese paaive padhuze neni akabva atowedzerwa zviye zvekuti i no longer had control over my body, ndainge ndongoti chauya chauya because Simba ndainge ndichimuda kubva the very first day randakamuona mubhazi ravo ndirichingobuda pasi peseat, ndoiya inonzi pachirungu 'love at first sight, this was 5 years ago veduwe, ndiri pakufunga nekunakidzwa netsvodi iya yepahuma akwedzera zve ime kiss pahuro apa achidzika kusvika pamalips angu mwana wevanhu ndainge ndatove mudenga rechinomwe. This was my very first kiss murudo . He took me in his arms ndobva tarara hedu pabed yake akangondimbundira rubbing his arms in circular motions on my back iya yavanoti massage muchirungu pasina zvimwe zvakaitika, veduwe i slept like a baby, kutozomuka mangwana makuseni kwatochena, ndichiwana Runya naSimba vari mukitchen vachibika breakfast Runya aitoti aah Bamkuru, Daviro anokudai uyu, ndakambomuudza kuti ukangoramba Simba ndomuda hangu ini akandirova mbama, ndobva vese vati bvuu kuseka ini ndichipindawo.

Mazuva akapindana ndiri pamba pana Simba nzvimbo yangu yeAlevel neform 2 yaRunya yakatsvagwa naChipo ikawanikwa chop chop, tikatengerwa maUniforts nzvimwe zvose zvaidiwa kuchikoro , uyewo mazuva mazhinji ini na Simba tainge totozivikanwa munharaunda mavo nerudo rwedu rwainge rwobvira zviya zvekusadzimika kana kuMabhazi avo ndainge ndotozinikanwa kunzi madam Boss. Hapana kwaiendwa naSimba achindisiya ndega pamazuva aya, kumamovie, kumadance kugochi gochi kupiko hako , aiwazve nemumvura mese naye.. Taifamba takabatana maoko uyezve tsvodi yaingorohwa pese pese.

Mazuva ake paakakwana Simba akazodzokera hake kwake kuUSA. Musi waakaenda tose takahwihwidza zvisina akmboona, ndainzwa kurwadziwa kusina akamboona, asi akzokwira hake ndege oenda, isuwo ndokusara Natete Chipo, going to school zvakanaka , pamazuva ekutanga ndaimufunga Simba ndongoerekana ndakuchema ndega, asi zvakazoita nani nerudo rwataipihwa naAuntie Chipo, iye Simba aiita achiuya kumba sekuvimbisa kwaainge akandiita katatu pagore, kana christmas taitamba tose uyewo aifara zvikuru nemagonero ataiita kuchikoro ini na Runya. Fast forward, ndakapasa A -Level yangu zvinonwisa mvura, i had 14 points and i got Entry paUZ apo ndakazosanganawo naRue uyo aiitawo programme yake hake ipapo, mheno kuti yei nekuti taisataudzana nekuda kwezvakaitika makore akapfuura asi Rue haana kupedza Programme yake nekuti mai vake vainge vashaika ndokusiira chikoro panzira, handina kumbobvira ndakmuvenga, ndainge ndichitomunzwirawo tsitsi hangu..

Iniwo i am now a qualified Pharmacist, married to Simba with a baby girl on the way, mari yeroora yakatambirwa nemamwe madzitete angu vadiki, kana kumbonyara kuti taisiya vana vachitambura.Tete Mai Manuee havana kumbouya kumarooro angu asi izvi taitongoziva kuti havauye nekutya murume wavo. Avawo tete mai Lydia vanonzi vakazongoenda kuZambia vachiti kunorapwa asi chokwadi ndechekuti vainge vatevera murume wavo uyo kange aroverako asisadzoke kumusha kubva mazuva avakatanga kurwara nepfungwa vachipora, nanhasi vaTete mai Lydia havasati vadzoka kumusha panofungidzirwa kuti pada akafa, vamwewo vanoenda kuZambia kunohodha vachidzoka kumusha kuzonotengesa zviwanikwa zvavo, vanovaziva vanoti vanogaroonekwa pabustop imo mLusaka makare vachinonga zvokudya mumabin uye vakapfeka maplastic. Iwo musha wavo rato Dongo, dzimwe nguva panoonekwa kamoto kuvaima mumunda husiku zvinoreva izvo kuit ndiko kamoto kaye kandakaona musi wandatiza kumba kwavo.

Mutumbi waTakura wakwanikwa wakachererwa pasi mudanga remombe dzavo idzo dzainge dzatengeswa nevana vaemurume wavo ivo pavakange vorwara vachida kurapisa mainini vavo.

 Chakashamisa veruzhinji ndechekuti mutumbi waive umu wainge uri wemwanakomnana wemakore gumi nerimwe sepanguva yainge yashaikwa handzvadzi yangu Takura, asi wekubvunza painge pachina pfungwa dzavo dzainge dzotomhanya bani.

Amai vedu nyakutibereka vakazobatsirwa nemwana mukomana uyo vakatumidza zita rekuti Pfumo uye vagere havo pabasa pavo nemurungu wavo wavaishandira kare. Isu tinopota tichinovashanyira nguva zhinji nekuona handzvadzi yedu achazove Baba vedu vamngwana uye tinovachengetawo nepatinokwanisa kuti zvinhu zvireruke. Hukama hwedu na Amai vedu ndehwemukombe nechirongo. Tinoita sevanhu vasina kumbobvira vakaparadzana muupenyu.

Nekufamba kwenguva zvinhu zvakazotanga kuoma

muZimbabwe. Simba naChipo vakazenge vatengesa Company yababa vavo yemabhazi sekuti yaisaunza mari kwayo.   Vachipedza kugovana hupfumi hwavo, Tete Chipo vakabva vaendawo nemurume akazenge avaroora kuCanada uko vaiti hupenyu hwaive nani kupfuura ku America, saka isu vaidawo kuti tiuyeko nemhuri yedu ndokutirongera zvese zvaidiwa.

Our final plan is to migrate to Canada for other opportunities, mavisa and documents have already been processed, chasara kuti Baby girl wedu aite mwedzi mitatu agokwanisa kukwira ndege nesu. Ndinodavira kuti gore rino rinopera tatoveko.

Runya atove ku University huru yemuno Munyika medu meZimbabwe, uko ari kuita zvidzidzo zvake sachiremba weZvipfuyo nemhuka dzose dzemusango. Parizvino haana pfungwa yekuwanikwa uyezve haana hake mukomana waari kufambidzana naye nekuti hanzi ''ndirikutsvaga akafanana naBabamukuru vangu Simba. Kana ndikamushaya ndirikuendawo kuAmerica kunotsvaga wangu ikoko, …..Mheno kuti zvichafamba sei asi pane ino nguva ndinoda kungotenda Mwari nekutichengetedza kwavakaita.''Kwakabviwa ndokure.

Tasvika kumagumo enyaya yedu. Ndinodavira nekutenda kuti madzidza zvakawanda kubva murungano urwu.
Wenyu Munyori

Muzvare Love Rosie

www.ingramcontent.com/pod-product-compliance
Lightning Source LLC
Chambersburg PA
CBHW021010160726
47994CB00006B/2453